힘과 쉼

힘과 쉼

1판 1쇄 발행 2023. 9. 7.
1판 2쇄 발행 2024. 5. 10.

지은이 백영옥

발행인 박강휘
편집 김성태 디자인 조은아 마케팅 김새로미 홍보 최정은
발행처 김영사
등록 1979년 5월 17일 (제406-2003-036호)
주소 경기도 파주시 문발로 197(문발동) 우편번호 10881
전화 마케팅부 031)955-3100, 편집부 031)955-3200 | 팩스 031)955-3111

저작권자 ⓒ 백영옥, 2023
이 책은 저작권법에 의해 보호를 받는 저작물이므로
저자와 출판사의 허락 없이 내용의 일부를 인용하거나 발췌하는 것을 금합니다.

값은 뒤표지에 있습니다.
ISBN 978-89-349-5437-8 03810

홈페이지 www.gimmyoung.com   블로그 blog.naver.com/gybook
인스타그램 instagram.com/gimmyoung   이메일 bestbook@gimmyoung.com

좋은 독자가 좋은 책을 만듭니다.
김영사는 독자 여러분의 의견에 항상 귀 기울이고 있습니다.

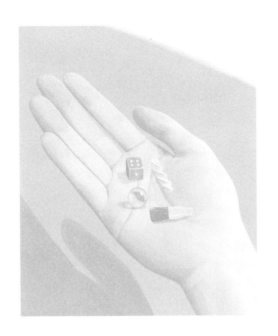

힘과 쉼

쥐고 놓는 연습

백영옥 에세이

김영사

행복하지 않지만
행복하길 바라는 우리에게

왜 사는가? 보통의 사람들은 답한다. "행복하고 싶어서"라고. 딱히 더 좋은 대답이 떠오르지 않는 건 행복 이상으로 중요한 가치가 없어 보이기 때문이다. 행복의 가치에 대한 세계인의 관심사를 반영하듯 유엔 산하 자문기구인 지속가능발전해법네트워크SDSN, Sustainable Development Solutions Network는 매년 137개국 이상을 포함하는《세계행복보고서World Happiness Report》를 발간한다.

보고서는 구매력 기준 1인당 국내총생산GDP, Gross Domestic Product, 기대수명, 사회적 지지, 선택의 자유, 관용, 부정부패 등 여섯 가지 항목을 고려해 각 국가의 행복지수를 수치화했다. 2023년 보고서를 바탕으로 보면, 1위는 10점 만점에 7.804점을 얻은 핀란드(한국은 5.951점으로 57위). 핀란드는 6년 연속 1위를 차지했다. 이쯤 되면 핀란드는 압도적 세계 1위 행복 국가가 틀림없다.

흥미로운 건 핀란드인들이 잘 웃지 않는다는 점이다. 과묵하고 신중하기로는 유럽을 넘어 세계 최고 수준이다. 핀란드인들이 회담을 사우나에서도 할 정도로 좋아한다는 건 잘 알려져 있다. 하지만 이 나라가 오랜 전쟁을 겪으며 지금의 중립국 위치를 확보하기까지 혹독한 고난을 겪었고, 유럽에서 술을 가장 많이 소비하는 나라라는 건 덜 알려져 있다. 1986년부터 국가 주도의 '자살예방프로젝트'를 실시하고 있지만 여전히 유럽에서 자살률이 가장 높고(1990년대 핀란드는 OECD 국가 중 세계 1위의 자살률을 기록했다), 인구 대비 당뇨병 환자 수가 세계 최고 수준이라는 것도 그렇다. 기대수명이나 1인당 국내총생산 같은 유엔의 여섯 가지 기준과 별개로, 무작위로 길을 지나가는 핀란드인들에게 행복하느냐고 물으면 중위권 정도의 행복지수가 나온다는 정신건강의학과 전문의 김병수의 의견도 흥미롭다.

사실 이러한 얘기는 2011년 영국의 신경제재단NEF, New Economics Foundation에서 발표한 국가별 행복지수 조사에서 부탄이 1위를 차지했다가 10여 년 만에 100위 가까이 추락했다는 사실만큼 우리를 혼란스럽게 한다. 1970년대 국왕의 명령으로 세계 최초로 국민총행복GNH, Gross National Happiness이라는 개념을 발명해 국민의 행복지수를 가가호호 조사하고, 첫눈이 오는 날을 공휴일로 정한 낭만적 국가의 국민에게 무슨 일이 일어난 걸까.

이쯤 되면 의심해볼 법하다. 과연 행복을 측정하는 유엔의 여섯 가지 기준은 행복을 평가하는 대표적 지표가 될 수 있을까. 1인당 국내총생산, 기대수명, 사회적 지지, 선택의 자유, 관용, 부정부패 등이 인류의 행복을 제대로 보여주고 있는가. 만약 일조량이나 강수량, 자살률, 알코올 판매율 같은 새로운 기준이 지수에 포함된다면 북유럽 국가들의 순위는 어떻게 변할까. 이제 단순히 공원의 수가 아니라 공원 안에 있는 벤치나 공중화장실, 작은 도서관의 수처럼 돈을 내지 않아도 즐길 수 있는 시민 공통의 행복을 위한 지표들이 더 만들어져야 하는 건 아닐까.

국내총생산이 아니라 국민총행복을 우선 과제로 삼는 국가가 점차 늘고, 2018년 영국이 '외로움 담당 장관Minister for Loneliness'(외로움이 담배 열다섯 개비를 피는 것만큼 해롭다는 연구 결과도 있다)이라는 상징적 직책을 만든 후 뉴질랜드는 세계 최초로 '행복예산'을 만들었다. 그러나 행복을 강조하는 다양한 정책들은 역설적으로 불행한 국민의 수가 폭증하고 있다는 반증이다.

바이러스만큼 세계를 위협하는 위험 요소가 더 있다. 세계보건기구WHO 추산 전 세계 우울증 환자는 이미 3억 명을 넘어섰다. 세계 최강대국 미국인들의 자신감 넘치는 웃음이 우울과 불안을 조절하는 약물 프로작Prozac과 자낙스Zanax 때문이란 자조 섞인 농담이 떠돈 지 오래다. 스마트폰 보급률과 SNS 사용량이 폭증하면서 젊은 세대 중 5분의 1 이상이 정신 질환의 조짐을 가진 채 성인기를 시작한다는 암울한 보고서도 있다. 이제 아이 성인 할 것 없이 주의력결핍과잉행동장애ADHD는 거의 일상어가 됐을 정도다.

끝없이 일하게 만드는 불안은 '번아웃 증후군'을 전 세계인의 국민병으로 만들었다. 아이를 맡기기 위해 고군분투하는 한국의 워킹맘부터 학자금 대출을 갚기 위해 아르바이트 서너 개를 견디는 미국의 대학생, 돔 페리뇽을 생수 마시듯 하는 월가의 투자자까지 번아웃에 시달리긴 마찬가지다. 지문이 사라져 찍히지 않을 정도라 홍채로 본인 인증을 대체한다는 인도 노동자들의 삶을 여기에 덧붙일 필요가 있을까. 번아웃은 이제 세대와 국적, 남녀노소를 아우르는 지구인의 정신 상태가 되었다. 이쯤 되면 집단적 번아웃을 호소하는 MZ세대의 어법을 빌려 이런 자문이 가능하다.

이번 생은 망한 것인가!

내가 이 책의 서두에 행복을 화두로 꺼내든 건, 행복하고 싶지만 행복하지 않은 우리의 모순이 결코 개인 차원의 일이 아니란 점을 강조하고 싶기 때문이다. 덧붙여 들려주고 싶은 격언이 있다.

"행복에 집착하면 오히려 행복해지기 힘들다."

이것이 행복의 역설이다. 《세계행복보고서》는 행복이 측정 가능하다는 듯 지수화, 서열화했지만 행복은 관념적이고 무엇보다 주관적이다. 이럴 때 사용할 수 있는 효과적 방법은 과학자들의 사고 실험처럼 대조군을 가지는 것이다. '행복'이 아니라 '행복하지 않은 것'이 어떤 것인지에 대한 보다 명확한 기준을 살피는 것이다. 어둠을 배우면 빛의 효용과 가치, 특성이 더 선명해지는 것처럼 말이다.

사람들이 가장 선호하는 방법은 행복과 반대되는 불행과 후회의 리스트를 점검하는 것이다. 수많은 버전의 '죽기전 가장 후회하는 열 가지'는 특히 우리에게 인기 있는 체크 리스트다. 이 리스트의 상위 순위 중에는 '살찔까 봐 좋아하는 아이스크림을 실컷 먹지 않은 것이 후회된다' 같은 독특한 견해도 있다. 하지만 모든 버전에서 상위를 차지한 공통의 후회들이 있다.

첫째, 삶의 많은 부분을 너무 일만 한 것.

둘째, 사랑하는 사람과 충분한 시간을 보내지 못한 것.

셋째, 친구들과 연락을 이어가지 못한 것.

넷째, 두려워서 자신의 감정에 솔직하지 못한 것.

흥미로운 건 일을 욕심껏 하지 못해서 후회된다는 사람은 어떤 버전의 후회 리스트에도 등장하지 않는다는 점이다.

최근 나는 '워라밸Work and Life Balance'이 결국 허상은 아닐까 의문을 품기 시작했다. 시간이 쪼개지고, 그 분류에 따라 나 자신 역시 쪼개질 수 있다는 이 마법 같은 말이 우리가 겪는 많은 문제에 대한 치트 키처럼 사용되는 게 합당한가라는 의문 말이다.

24시간이 그물처럼 연결된 세상에서 과연 '일하는 나'와 '일하지 않는 나'가 분리 가능할까. 직업적 성취가 자기 정체성과 직결되는 사회 속에서는 더 그렇다. 엄마일 때, 딸일 때, 팀장일 때, 아내와 며느리일 때가 완전히 분리돼 각기 다른 정체성으로 활동하는 6단 변신 로봇 같은 인간이 과연 존재하기는 할까. 자아실현은 직장 안에서가 아니라 퇴근 후 밖에서 하라고 말하지만, 영원히 퇴근하지 못하는 것 같은 삶을 지속하는 사람들도 많다.

집에 있으면서 간절히 집에 가고 싶고,
쉬고 있으면서 강렬히 쉬고 싶은
나도 모르겠는 마음.

이것은 워라밸이 가능하다고 믿는 우리의 착각 때문에
일어난 형용모순은 아닐까.

———

오래전부터 쓰고 싶었던 이 책의 첫 번째 제목은 '나로
사는 힘'이었다. 하지만 책을 쓰는 동안 내가 '힘'의 반대편
에 서 있는 '쉼'을 함께 말해야겠다고 결심한 건 당시 21개
월 된 조카 아기의 동영상을 매일 보면서부터였다. 나는
아기의 첫 뒤집기와 걸음마, '엄마'라는 발화를 차례로 보
았다. 아기가 5차 시도에 걸쳐 뒤집기에 성공할 때 어찌나
발버둥을 치며 힘을 주던지 목덜미와 팔까지 발개지는 걸
목격했고, 첫걸음을 내디디며 쓰러지지 않으려 뒤뚱거리
는 발에 얼마나 힘을 주고, 주먹을 불끈 쥐는지 보았다. 응
가를 할 때, 입술을 앙— 다물며 팔과 어깨까지 부들거리
는 모습은 어떤가.

아기는 매 순간 안간힘을 다해 배우고 익혔다.

나는 아기의 살 떨리는 집중을 매혹된 듯 반복해서 보았다. 그러던 어느 날 깨달음이 밀려왔다. 아기의 삶이 이토록 충만한 건 자신의 모든 힘을 '지금 이 순간'에 쏟아붓고 있기 때문이라는 사실 말이다. 첫 탄생의 자지러지는 울음소리를 시작으로 아기는 매 순간을 있는 힘껏 살아낸다. 하지만 더 놀라운 건 그다음 단계에 있다(이 점이 훨씬 더 중요하다).

웅크린 아기는 주먹을 꽉 쥔 채 태어나지만
서서히 주먹을 풀기 시작한다.

아기는 긴장한 얼굴로 오래 있지 못한다. 아기는 잘 웃고 잘 운다. 누구나 아기가 얼마나 유연한 몸을 가졌는지 안다. 아기는 쉽게 다리를 180도로 찢고, 발바닥 박수를 손바닥 박수만큼 가볍게 치고, 수월하게 물에 뜨고, 빠르게 언어를 익힌다. 이 모든 것이 내겐 삶이라는 여정의 아름다운 은유처럼 다가온다.

우리는 힘을 주고 태어나, 힘을 빼며 죽는다.
그리고 삶 대부분을 힘을 주거나 빼며 살아간다.
중요한 건 언제 힘을 주고, 언제 빼느냐는 것이다.

우리 삶을 거대한 물결이라 상상하면 어느 구간에서 우

리는 힘을 내 팔을 휘저어야 한다. 앞으로 나아가기 위해서다. 하지만 급류가 몰아치는 곳에서는 잠시 힘을 빼고 흐름에 몸을 맡겨야 한다. 난파선처럼 전복되지 않기 위해서다.

삶은 이처럼 힘과 쉼의 끝없는 반복이다.

"힘내!"와 "파이팅!"이 국민 위로가 된 지 오래다. 우리가 어떤 국민인가. IMF 경제 위기 같은 국가적 재난에 맞서 많은 국민이 금 모으기 운동에 동참하고, 동네 등산에도 히말라야 등반급 장비를 무장한 채 열심히 살아가는 민족성을 자랑하지 않는가. 의지의 한국인이나 극기훈련이 대표하듯 수십 년간 우리는 '힘내는 기술'을 빠르게 축적했다. 하지만 '힘 빼는 일'에 있어선 구제 불능일 정도로 무능하다. 그래서 나는 이를 나름의 공식으로 정리했다.

쉼 = 힘을 빼는 것 + 심호흡

수영하는 법을 모르는 사람이 물에 빠지면 온몸에 힘을 주고 허우적대기 마련이다. 하지만 이런 행동은 오히려 사람을 곤경에 빠뜨린다. 긴장한 채 버둥거릴수록 물을 먹고 수면 아래로 더 가라앉기 때문이다. 이때 우리가 할 수 있는 최선은 온몸에 힘을 빼고 몸의 부력을 이용해 스스로 떠오르기를 기다리는 것이다. 재난 전문가들은 힘을 빼고 물 위로 떠올라 자신의 에너지를 낭비하지 않는 것이 '생존 수영'의 핵심이라고 강조한다. 말이 쉽지 정말 두려운 일이다. 그러나 생각해보면 내가 수영을 배울 때 코치에게 많이 듣던 말도 그것이다.

"팔에 힘 빼세요! 어깨에 힘 빼시고요!"

우리는 너무 힘을 주고 산 나머지 힘 빼는 법을 완전히 잊었다. 그러니 '힘을 빼겠다'란 말을 의식적으로 되새길 필요가 있다. 이제 힘들어 지친 친구에게 위로의 말로 '힘내!'가 아닌 '힘 빼—'란 말을 건네는 건 어떨까. 힘 빼는 일은 힘주는 일보다 서너 배는 더 어렵다. 한 번도 배워본 적이 없기 때문이다.

서른 살 이후, 내가 유일하게 쉴 수 있었던 날은 생리통이 너무 심해서 약을 삼켜도 아무것도 할 수 없는 딱 하루였다. 그 결과 내가 얻은 건 만성피로와 좌골신경통, 손목터널증후군, 허리디스크였다. 몸과 마음이 지르는 비명을 외면한 결과, 앉아서 한 시간 글쓰기도 힘든 몸을 갖게 되었다. 안타깝게도 소위 성공한 많은 사람이 나와 비슷한 길을 헤매다가 어느 지점에서 길을 잃는다.

'해거리'라는 말이 있다. 과실이 한 해에 많이 열리면 이 듬해에 결실량이 현격히 줄어드는 현상을 말하는데, 감나무, 대추나무, 밤나무처럼 우리가 아는 많은 나무가 해거리를 한다. 해거리는 정신없이 달리다가 천천히 한 해를 쉬는 나무들의 안식년인 셈이다.

하지만 과실을 수확해야 하는 농부의 입장에선 참 난감한 일이 아닐 수 없다. 그래서 해거리를 방지하기 위해 이들이 하는 일이 '가지치기'다. 썩은 가지뿐 아니라 복잡한 잔가지와 큰 가지를 미리 잘라 병충해를 막고 성장을 좋게 하는 것이다. 그러니 가지치기는 나무를 위해 인간이 해주는 나무들의 디톡스다.

해거리와 가지치기는 힘과 쉼처럼 우리에게 필요한 양면의 지혜다. 더 빨리 달리기 위해 멈추고, 더 가득 채우기 위해 비우는 자연과 인간 모두의 지혜이기 때문이다. 이마에 흐르던 땀이 눈가에 맺혀 흐르면 다른 사람의 눈엔 그것이 때론 눈물처럼 보인다. 그러나 땀과 눈물이 같은 성분으로 이루어졌다고 같은 의미일 수 있을까. 놓이는 자리와 위치에 따라 집 앞의 썩어가는 쓰레기도 정원사에겐 귀한 거름이 된다. 매시간 정보가 폭우처럼 쏟아지는 지금의 우리는 동트기 전, 희붐한 개와 늑대의 시간에 있는 건지도 모른다. 하지만 모양이 비슷해 보인다고 해서 개와 늑대가 같을 수 없다.

사는 동안 개처럼 보이는 늑대에 물려선 안 된다. 쉼처럼 보이는 중독과 꿀처럼 보이는 독을 구별해야 한다. 더 높은 성장을 위해 달리고, 달리면 반드시 쉬어야 한다. 이것이 해거리하는 감나무와 가지치기하는 성실한 농부에게 우리가 배워야 할 지혜다. 휴작하는 농부의 마음은 결코 휑하게 텅 빈 너른 밭에 있지 않다. 그들의 눈은 더 많은 이삭이 달린 수많은 벼가 바람에 흔들리며 보여주는 황금물결에 있다.

———

힘에는 여러 종류가 있다. 노력, 협력, 탄력, 사고력, 인내력, 순발력, 체력, 어휘력, 친화력 등 수많은 명사에 우리는 힘을 뜻하는 '력力'이라는 한자를 붙인다. 그러나 이 많은 힘을 강하게만 몰아붙이면 그것은 소음일 뿐 결코 음악이 될 수 없다.

모든 음악에는 리듬, 멜로디, 하모니가 있다. 이것이 음악의 3요소다. 강약과 높낮이, 반복의 조화가 결국 음악을 만든다. 삶 역시 그렇다. 모든 반복되는 것 속에 삶의 가장 반짝이는 것들이 숨어 있다. 그러니 반복되는 일상을 권태로움이라 섣불리 단정 지어선 안 된다.

　지루함을 편안함으로 바꿔 부를 수 있을 때
　행복을 다행으로 고쳐 말할 수 있을 때
　우리의 삶이 어떻게 바뀌는지 알아보자는 얘기다.

　김소영의 《어린이라는 세계》에는 새로 배운 단어를 빨리 쓰고 싶어서 선생님에게 "용돈을 탈진했다"[1] (탕진했다) 라고 말하는 아이가 등장한다. 새로 배운 말을 꼭 써보려는 어린이 특유의 이 귀여운 허세는 거꾸로 실수를 두려워하지 않는 아이들의 '회복탄력성'의 증거다. 뭔가 시도하려다 저지르는 실수를 창피함으로 단정해 너무 움츠러들지 말자. 이것이 아이들이 어른들보다 새 언어를 더 빨리 습득하는 비밀이다.

　옛날에 할머니가 자주 하시던 얘기가 있다. "어른 별거 아니다. 애들 큰 게 어른이지." 그러니 다 안다고 착각하지 말자. 힘주는 법도, 힘 빼는 법도 더 배우고 익혀서 행복해지자. 아니, 최소한 불행해지진 말자. 이번 생은 망했다고, 쉬이 내려놓지는 말자.

　생각보다 인생은 길다. 절망에 빠진 우리는 각자도생을 외치지만 코로나19 같은 바이러스 때문에, 누군가 지하철에서 마스크 하나만 내려도 주위 사람이 감염될 수 있는 세상을 경험했다. 지하철에서 갑자기 쓰러진 나를 집에 있는 엄마가 일으켜줄 수 있을까. 부모의 위대한 사랑도 물리적 거리가 먼 곳에서 쓰러진 나를 일으킬 수 없다. 응급 상황에서 우리가 기댈 수 있는 건 그러므로 낯선 사람들의 선의뿐이다.

우리는 따로 또 같이 살아가는 존재들이다. 코로나19 팬데믹을 거치며 강조되는 집단면역이 무엇을 의미하겠는가. 우리 모두는 이웃들에게 서로의 건강과 행복을 빚지고 있다. 그러니 이제 우리에겐 자기 계발서가 아닌 '우리 계발서'도 필요하다.

같은 꽃이라도 응달 양달에 따라 피는 속도가 저마다 다르다. 심지어 비슷해 보이는 철쭉과 진달래조차 피고 지는 순서가 다르다. 이때 우리가 배워야 할 건 인내력이다. 어르신들이 꽃 사진에 열광하는 건 단지 꽃이 예뻐서가 아니라 이토록 아름다운 꽃이 '일찍 진다'란 걸 깨닫기 때문이다. 이때 필요한 건 지각력이다. 어둠을 밝히는 모닥불이나 촛불은 누군가와 나눈다고 사라지거나 줄어들지 않는다. 이때 우리가 배워야 할 건 협력과 공감력이다. 인간이 얼마나 귀한 존재냐고 말하지만 우리가 정작 깨닫지 못하는 것이 있다. 금수저, 흙수저를 떠나 우리 모두가 꽃이라는 사실이다.

우리가 어떤 꽃이냐는 생각보다 중요하지 않다. 젊어도 시든 사람이 있고, 나이가 많아도 피어나는 사람이 있다. 장미꽃이든 할미꽃이든 중요한 건 '시든 상태'인가 '피어나는 중'인가다. 이 사실을 빨리 깨달을수록 삶이 달라진 다고 나는 감히 말할 수 있다.

오래전, 암 진단조차 "큰일 아니다"라며 담담히 받아들이는 시어머니를 보곤 점점 가벼워지는 마음에 대해 생각했다. 어느덧 시어머니는 아흔한 살이 되었고 더 이상 기도를 하며 눈물짓지 않는다. 주기도문만 외워도 터지던 눈물, 자식을 향한 애타는 걱정을 조금씩 내려놓은 것이다. 주먹을 꽉 쥐고 태어나 서서히 주먹을 풀며 죽는 게 인간의 삶 아닐까. 오늘도 우리는 조금씩 가벼워진다.

_____

_____

_____

_____

차례

일러두기

1 단행본, 정기간행물은 《 》로, 시, 영화, 드라마, 그림, 노래, 기사, 유튜브 영상, 방송 프로그램은 〈 〉로 묶었습니다.
2 인명, 지명, 작품명 등의 외래어는 국립국어원 표기법을 따르되 몇몇 경우는 관용적 표현을 참고했습니다.
3 본문의 각주는 참고 혹은 참조한 자료로, 숫자로 표기했습니다.
4 저작권 허락을 받지 못한 일부 인용 구절에 대해서는 추후 저작권이 확인되는 대로 절차에 따라 계약을 맺고 저작권료를 지불하겠습니다.

1부

습관

바꿀 수 있는 것과
바꿀 수 없는 것

온라인 서점의 MD로 일할 때, 내가 문학이라는 전공과 무관한 가정, 요리, 자기 계발, 종교, 경제, 사회과학 분야를 맡게 된 건 회사의 순환 근무 방침 때문이었다. 어릴 때부터 줄곧 소설만 읽어왔던 내게 '사과식초를 만드는 법'이나 '하이퍼인플레이션' '안전 마진' '자기 효능감' 같은 말은 제2외국어처럼 낯설기만 했다. 실컷 책만 읽으면 되는 드림 잡Dream Job인 줄 알았더니 MD의 일에는 웹진 기사 작성과 독자 이벤트 페이지 만들기, 출판사 홍보 담당자 미팅, 파주 물류창고 지원 등등이 빼곡히 포함돼 있었다. 책벌레가 서점 직원이 되는 이야기는 꽤 낭만적이지만, 희망에 찬 신입의 은밀한 꿈이 퇴사가 되는 데는 그리 오랜 시간이 걸리지 않았다.

여산통신에서 보내온 산더미 같은 신간들을 빠르게 분류하고, 책 제목과 목차만 보고 3분 만에 책 소개 글을 쓰는 신공을 발휘할 즈음이었을까. 일하다가 천불이 나면 못

찾을가 봐 컴퓨터 바탕화면 맨 귀퉁이에 사표를 띄워놓고 다녔다. 프린트해서 잉크가 마르기도 전에 제출하고 싶어서였다.

때마침 '책책책 책을 읽읍시다!'를 표방한 한 방송 프로그램이 공전의 히트를 기록하며 치솟은 판매 부수 때문에 몇 주간 이어진 파주 물류창고 지원은, 내가 하는 일의 경계를 더 고민하게 만들었다. 두 손에 삽을 든 일병처럼 치워도 치워도 포장하지 않은 책들이 창고에서 함박눈처럼 펑펑 쏟아지는 느낌이었다. 마우스 대신 목장갑을 낀 손에는 아무리 조심해도 책에 베인 상처가 생겼다. 창고 앞에 잔뜩 핀 개망초를 멍하게 바라보다가 이마에 벌침을 정통으로 맞은 동료의 퉁퉁 부은 얼굴을 보는 일만큼이나 그때의 나는 몸도 마음도 고달팠다.

그러나 삶의 진정한 깨달음이 모두 그렇듯 그때의 (원치 않은) 경험들은 탄생부터 유통까지 책의 전 생애를 이해하고, '나는 예술가'라는 선민의식으로 똘똘 뭉친 뻬딱한 소설가 지망생의 책에 대한 편견과 편식을 불식시킨 소중한 자산이 되었다. 태양열에 잘 익은 계란프라이처럼 여기저기 놓여 있던 개망초 앞에서 꼼짝없이 서 있던 디자인팀 팀장이 훗날 꽃을 만지는 플로리스트가 된 것처럼 말이다. 우리의 고된 시간이 우리를 생각지도 못한 길로 이끌 것이란 걸 젊고 어린 우리는 몰랐다. 서점 직원인 내가 사직서 귀퉁이에 '책 읽고 싶어서 사표 냅니다'라는 말을 적게 될 줄은.

몇 번의 이직을 하고 몇 번의 사표를 낸 후 마침내 작가가 되었을 땐 정말 다 이룬 기분이었다. 하지만 막상 소설 청탁이 오지 않은 1여 년을 보내고, 소설가 선배들의 얘기를 들어보면 "나는 2년 동안 소설 청탁이 단 한 건도 없었다!"라는 말이 나오기도 무섭게 "고작? 나는 4년!" "나는 6년 동안 소설 매출이 100만 원이다!" 같은 눈물의 간증이 쏟아져 나왔다.

알코올 의존증이었던 도스토옙스키가 대작을 쓸 수 있었던 건 빚 때문이었고, 하루에 블랙커피 50잔을 마시며 《고리오 영감》을 썼던 발자크 역시 도박 빚에 쫓겼다.[1] 커피콩 60알을 손수 세어 갈아 내린 커피를 마시며 일과를 시작했다는 베토벤의 평생인들 평온했을까.[2] 하지만 자신의 불운을 후배의 걱정을 덜기 위한 희극으로 승화시킨 선배들의 노력에도 나는 차마 웃을 수 없었다.

그때 불안한 마음을 달래기 위해 찾던 신림동의 단골 헌책방에서 발견한 책이 조악한 해적판으로 만든 《데일 카네기의 자기관리론》이었다. 처음에 나는 그 책을 강철왕

앤드루 카네기가 쓴 자서전이라고 생각했다. 이 카네기와 저 카네기가 다른 사람이라는 것도 모른 채 책을 읽다가 '걱정을 없애는 법'이라는 주제에 꽂혀 앉지도 않고 서서 책을 읽었다. 먼지 가득한 책장을 넘기며 나는 내가 이 책의 실패 사례에 등장할 만한 변덕스럽고 게으르며 산만한 올빼미형 인간이란 걸 깨달았다.

―――

만화 《피너츠》의 스누피와 찰리 브라운은 실패와 불운의 아이콘이다. 《피너츠》의 작가 찰스 M. 슐츠의 《찰리 브라운과 함께한 내 인생》에 의하면 찰리가 속한 야구팀은 한 번도 이겨본 적이 없고, 친구 루시와 하는 체커 게임에서 찰리는 만 번 연속 패배한다. 슐츠는 선착순 500명 한정 캔디바 증정 이벤트에서 501번째에 서 있던 아이였다.[3] 나 역시 그랬다. 딱 50명만 먹을 수 있는 돈가스집 앞에 서 있던 51번째 손님.

로또를 그렇게 많이 샀어도 5등 한 번 당첨된 적 없고, 네잎클로버를 그렇게 자주 찾아다녔는데도 지금까지 단 한 번도 발견하지 못했다. 아르바이트생으로 일하던 비디오 가게는 5개월, 외부 필자로 일하던 잡지사는 10개월 만에 망해 두 곳에서 급여를 떼였다. 내가 좋아하기만 하면

식당, 극장, 서점, 레코드점 할 것 없이 모두 망하는 징크스를 친구들에게 자랑할 정도였다. 짝사랑하던 남자는 제일 친한 친구와 연인이 됐고, 기억나지 않을 만큼 많은 소설을 투고했어도 딱 본심까지만 오르던 사람, 그게 나다.

문학을 고시 공부처럼 하면 안 된다는 말을 수시로 들었지만 나는 노량진 공시생들 틈에서 열두 시간씩 엉덩이가 짓무르도록 소설을 썼다. 하지만 문학 공모 인생 십수 년 동안 내가 알게 된 건, 사람의 마음을 진정 황폐하게 하는 건 '불확실성'이란 것이었다. 공모에 당선됐을지, 떨어졌을지 모를 시간을 견디는 일이 자존감을 살뜰히 파먹는 동안 '난 뭘 해도 안 되는 사람'이라는 명찰을 스스로 붙였다.

돌이켜보면 취준생이라는 말은 연습생이나 지망생이라는 말만큼 사람을 두렵게 한다. '쉽게 규정할 수 없는 삶'을 살고 있다는 점에서 더 그렇다. 한 아이돌 스타가 긴 연습생 시절을 "죽지 않을 만큼만 먹고, 죽을 만큼 운동했다"라고 회고하는 걸 본 적이 있다. 그러나 정작 더 가슴 아픈 건 대다수는 간절한 그 꿈이 상처로 남는다는 점이다.

스무 살 이후 13년 동안 소설 공모에 매해 떨어지다 보니 원고의 마침표를 찍기도 전에 "이번에도 떨어지면 어쩌지?"라는 불안이 먼저 엄습했다. 내 걱정의 절반은 실패에 대한 자기 예감이었는데 데일 카네기의 책을 읽기 전까지 나는 그 예감이 내가 가진 오랜 '정신적 습관'이라는 걸 알지 못했다.

버려진 활자들이 서서히 산패하는 책들의 무덤에서 자기 계발서의 아버지가 쓴 역작을 읽은 게 촉발점이었다. 그날 이후 지금까지 나는 시중에 쏟아져 나오는 거의 모든 경제 경영, 자기 계발서를 닥치는 대로 읽었다. 카프카나 커트 보니것의 소설을 들고, 다른 손으로 피터 드러커와 말콤 글래드웰, 세스 고딘과 팀 페리스의 책을 동시에 탐독했다. 미워하지 않는 법, 걱정에서 벗어나는 법, 이기는 법. 실패하지 않는 법, 행복해지는 법, 불행을 피하는 법 등 삶에 대한 수많은 '요령How to'에 대해서 말이다. 그리고 서른 살 이후 내가 가장 잘했다고 생각하는 인생 프로젝트 하나를 시작했다.

친구들에게 내가 읽은 경제 경영서나 자기 계발서의 꿀팁을 신나게 떠들면 "넌 소설가가 그런 책도 읽어?"라는 말을 자주 들었다. 하지만 그 어떤 분야를 막론하고 오직 '좋은 책'과 '나쁜 책'이 있을 뿐이다. 그리고 매일 사무실 책상에 산더미같이 쌓이는 신간의 ISBN 코드를 집어넣고 책을 소개하며 내가 깨달은 건 그런 책의 강력한 효용성이다.

이때 독서의 목적은 읽기가 아니라

하기로 변환된다.

더 정확히 말하면 '따라 하기'다.

좋은 삶을 만들기 위해 중요한 딱 한 가지를 꼽으라고 하면 무엇이라고 대답할 수 있을까. 나는 '습관'이라고 잘라 말하겠다. 작가가 된 후 내 인생의 7할은 좋은 습관을 만들기 위해 할애됐다고 해도 과언이 아니다. 나는 정말 자주 시도했고 셀 수 없이 실패했다. 그리고 언제나 그렇듯 많이 실패한 사람이 할 말이 가장 많은 법이다.

———

"우리는 습관 덩어리일 뿐이다"라고 말한 사람은 심리학자 윌리엄 제임스다. 그는 우리가 매일 하는 선택이 신중한 결정의 결과물처럼 보이지만 결국 습관일 뿐이라고 말한다. 찰스 두히그는 《습관의 힘》에서 듀크대학교 연구진이 2006년 발표한 논문을 소개하며 "우리가 하는 행동의 40퍼센트가 의사 결정의 결과가 아닌 습관 때문"이라고 설명한다.[4]

아침에 늦게 일어나고, 손톱을 뜯고, 눈을 뜨면 커피부터 찾거나 술을 마셔야 잠이 오는 게 우리가 익히 알고 있는 행동적 습관이다. 하지만 쉽게 짜증 내고, 자주 약속을 어기고, 잘 안 될까 봐 걱정부터 하는 것 역시 정신적 습관이다.

　습관 전문가들에 의하면 성공은 좋은 습관의 연쇄반응이다. 가령 출근 전, 매일 한 시간씩 공원을 뛰는 '핵심 습관Keystone Habit'이 있다면 앞뒤 전후로 그것을 원활하게 작동시키는 연쇄적 다른 습관이 자석처럼 달라붙는다. 아침에 운동하기 위해서 일찍 취침하고 기상하는 게 첫 번째 연쇄 습관이다. 공복에 뛰고 나면 허기지기 때문에 아침을 챙겨 먹는 두 번째 습관도 자연스레 따라붙는다.

　좋은 습관은 안 좋은 습관을 예방하는 데에도 탁월하다. 아침 조깅은 우리 몸에 충분한 햇볕을 제공하기 때문에 커피의 각성 효과 없이도 업무 집중도를 높인다. 또 아침을 먹으면 점심에 폭식할 가능성이 낮아진다는 것 역시 영양학계의 정설이다.

　습관 만들기가 어렵다는 건 누구나 안다. 그러나 습관 만들기에 모두 실패하는 건 아니다. 많은 사람이 일시적으로 다이어트나 금연에 성공한다. 하지만 보디 프로필 사진을 찍는 큰 성취감에도 근육질 몸을 유지하는 기간은 짧다. 급격한 다이어트 역시 요요 현상에 따른 몸무게 증가와 금단 현상에 의한 피로감 증폭이라는 부작용과 함께 추억으로 남는 경우가 많다. 왜 우리는 좋은 습관을 유지하지 못하고 매번 이런 악순환에 시달릴까.

제임스 클리어의 《아주 작은 습관의 힘》에는 이것이 '목표 설정'과 '시스템 구축'이 다르기 때문에 생기는 문제라고 설명한다. "목표 설정이 게임에서 이기는 것이라면, 시스템 구축인 '습관화'는 게임을 멈추지 않고 계속해나가는 것"이다.[5] 누군가를 사귈 때의 상황을 가정하면 유독 관계를 잘 시작하는 사람이 있고, 관계를 오래 유지하는 사람이 있다. 여러 명을 사귀지만 3개월을 못 만나는 사람과 한 번 사귀면 3년 이상을 만나는 사람 말이다. 누가 연애를 더 잘하는 걸까. 시작하는 것처럼 유지하는 것은 엄연히 다른 힘이고 능력이다.

신문에서 가끔 쉰 살이 넘어 사이클 마니아가 됐다거나, 예순 살이 다 된 나이에 머슬 마니아 대회에 출전했다는 기사를 본다. 젊은이 못지않은 탄탄한 이들의 몸을 보며 내가 깨달은 건 '시작'보다 '지속'하는 그들의 능력이 보통 사람보다 더 뛰어났다는 것이다. 여기에 지속을 위해 덧붙여야 할 키워드가 더 있다.

탁월함보다 꾸준함이다.

시작보다 지속하는 능력이 뛰어난 사람들은 상황을 전환하는 정신적 습관이 있다. 지겨움을 편안함으로, 반복을 익숙함으로 바꿔 부르는 것이다. 가령 외국어를 잘하기 위한 핵심은 반복이다. 운동도 그렇다. 이런 반복은 엄청난 고통과 지겨움을 유발한다. 하지만 임계점을 넘으며 그것은 익숙함으로 변환된다.

반복하는 모든 것에는 리듬이 있다. 그 리듬에 몸이 반응하면 춤추거나 노래하듯 낯선 언어나 동작을 해내게 된다. 내가 아는 한, 악기 연주나 외국어 공부처럼 가치 있는 모든 일은 반복을 요구한다. 한 사람과의 관계에서 지루함이 아닌 친밀함을 느끼는 건 시작보다 지속하는 능력이 탁월한 사람에게서 나타나는 특징이다.

결혼 생활도 지겨움으로 보면 고통이지만
익숙함으로 보면 안락함이다.

중요한 건 머슬 마니아 대회에 참가해 1등 트로피와 함께 하산하듯 운동을 멈추는 게 아니다. 참가상만 받은 꼴등이라도 운동을 계속 지속하는 힘이다. 자신에게 매일 운동하는 사람이라는 새 정체성을 부여하는 것이다. 큰 보상이나 목표 없이도 일상적으로 작동한다면, 그게 바로 습관이다.

우리 사회는 사회적 시계를 중시한 탓에 20대에는 취업, 30대에는 결혼, 40대에는 내 집 마련 같은 과업에 집착한다. 하지만 신체 나이에 맞는 올바른 생활방식과 태도가 있다고 믿으면 60대와 70대에 남는 건 은퇴와 노화뿐이다. 잊지 말아야 할 건 결국 자신만의 정체성을 만드는 태도다.

_____

_____

_____

_____

결국 습관은
목표 설정이 아니라
시스템 구축이다.

베테랑 소방관들이 화재를 진압할 때 불을 끌까 말까, 현장에 들어갈까 말까를 고민할까. 구조 전문요원들이나 비행기 조종사들 역시 마찬가지다. 종군 사진기자들은 총알이 쏟아지는 순간, 쓰러지면서도 결코 카메라를 손에서 놓지 않는다. 그들은 훈련받은 대로, 몸에 밴 습관대로 행동한다. 그렇게 불을 끄고, 사람을 구하고, 셔터를 누른다. 이를 닦거나, 운전을 하거나, 현관문의 비밀번호를 누를 때 우리가 굳이 생각하지 않는 것과 같은 이치다.

어떤 행동을 하루에 몰아서 열 시간 하는 것보다
30분이라도 매일 하는 게 유리하다.
영어 공부도, 운동도, 휴식도, 심지어 행복까지도
'강도'보다 '빈도'가 더 중요하다.

습관 만들기의 핵심은
얼마나 오래 하느냐가 아니다.
얼마나 자주 하는가다.

그렇다면 습관은 왜 생길까. 뇌는 심리적 구두쇠다. 악착같이 돈을 아끼듯 뇌는 늘 자신의 가용 에너지를 절약할 방법을 찾는다. 습관을 '심리적 지름길'이라 부르는 이유다. 습관은 고민할 시간을 줄여 심리적 낭비를 막는다. 유명인 중에는 같은 옷과 같은 음식을 고집하는 사람이 많은데, 일상을 최대한 단순화해서 자신의 뇌를 더 중요하고 창의적 일에 쓰고 싶은 욕구 때문이다.

　습관은 어떻게 생겨날까. 행동과학자들은 습관이 생기는 과정을 3단계인 '신호 – 반복 행동 – 보상'으로 설명한다. SNS를 예로 들면, 새 메시지가 도착했다고 휴대전화에서 알람음이 울린다. 이것이 신호다. 신호가 전달되면 뇌는 바로 휴대전화로 향하고 화면을 터치한다. 이것이 반복 행동이다. 이때 자신의 계정에서 보이는 '좋아요'나 '새로운 댓글' '팔로우 증가'가 보상이다. 신호 – 반복 행동 – 보상이 연결돼 수시로 휴대전화를 열어보는 습관이 생기고 고착된다.

　찰스 두히그는 양치질처럼 좋은 습관을 예로 들며 우리가 어떻게 양치질을 습관으로 만들었는지 설명한다. 책에 등장하는 치약이나 샴푸, 비누의 역사를 살펴보면 흥미로운 점이 보이는데, 처음부터 제품에 그렇게 많은 거품이 있던 게 아니다. 그러나 청결해지는 과정 중에 생기는 거품을 소비자가 보상 직전 목격하는 확실한 '신호'로 느끼면서 업체들은 경쟁적으로 더 많은 거품이 생기도록 제품을 개선했다. 이를 닦을수록 입 안 가득 생기는 거품이 우리의 양치질 열망을 자극하도록 말이다.[6]

———

좋은 습관을 가지려면 고치고 싶은 악습이 생기는 이유를 파악해야 한다. 왜 자기 직전에 꼭 야식이 먹고 싶은 걸까. 시험이 코앞인데 어째서 3분마다 스마트폰을 확인하게 될까. 분위기 있고 잘생긴 외모로 유명한 전 독일 축구 국가대표팀 감독인 요하임 뢰브는 경기 때마다 코를 후비고, 손가락 냄새를 맡는 엽기적 습관의 주인공으로 유명하다. 이 잘생긴 꽃중년 남성은 카메라가 있다는 걸 알면서 어째서 민망한 행동을 멈추지 못하는가. 코 파는 행위가 경기에서 이겨야 한다는 그의 내적 긴장을 낮추기 때문이다.

내 경우 어릴 적부터 손톱을 물어뜯는 버릇이 있었다. 이 오랜 악습의 신호는 불안감이었다(성인이 된 후로는 원고를 마감할 때 이 습관이 활성화된다). 이 버릇을 고치지 못한 이유는 손톱을 물어뜯을 때 생기는 안정감이라는 보상 때문이었다. 이 습관을 바꾸려면 어떻게 해야 할까. 물어뜯기를 대체할 새로운 형태의 보상이 필요하다. 내 경우 그것이 네일 케어였다. 손가락을 빠는 아기라면 애착 인형이나 쪽쪽이가 될 수 있고, 어른이라면 껌을 씹거나 자극이 필요할 때마다 핸드크림을 바르는 것도 불안감을 낮출 수 있는 방법이다.

이때 보상은 즉각적이고 단순할수록 좋다. 축구에서 골을 넣으면 바로 터져 나오는 박수처럼 말이다. 자극이 필요해서 식사 후 담배를 피운다면 커피나 차를 마시며 니코틴을 카페인으로 대체하는 대안도 있다.

———

나는 지난 십수 년간 1월 1일이 되면 '올해의 습관 만들기 프로젝트'를 진행했다. 하지만 정리하는 데 실패했고, 아침 운동을 하는 데 실패했고, 외국어 공부를 하겠다는 결심은 1월이 끝나기도 전에 무너졌다. 고백하면 올해의 습관 만들기 리스트를 작성하는 일은 내게 엄청난 심리적 만족감을 주었다. 계획을 적기만 해도 절반은 성공한 느낌이었다. 한데 그것은 늘 결심과 리스트 과잉을 초래했다.

리스트 만들기에만 몰두하면 세 가지 계획은 다섯 가지에서 열 가지까지 쉽게 늘어났다. 목표에 대한 세심한 분석 대신 할 수 있을 것 같은 기분으로 리스트를 작성했기 때문이다. 실패는 반복됐고 좌절은 예견된 일이었다. 실패보다 더 안 좋은 건 당시 내가 나를 느끼는 방식이었다.

작심삼일이
나를 규정하는 새 정체성이 된 것이다.

이런 일이 계속 반복되면 "어차피 안 될 거, 하지 말자"가 또 다른 인격이 된다. 실패가 두려워 도전을 멀리하고 점차 자기방어를 하게 된다. '내가 나를 이기는 건 결국 나에게 지는 거 아닌가'라는 이상한 논리로 자신을 합리화하게 된다. 잦은 실패는 자기 효능감의 독이다. 실패를 거듭한 후 나는 습관 만들기 프로젝트에서 가장 중요한 포인트 하나를 찾아냈다.

새해 딱 한 가지 목표만 세우기.
아무리 더 좋은 아이디어가 떠올라도
절대로 그것을 적지 말아야 한다.

간단해 보이지만 결코 쉽지 않은 전략이다. 특히 나 같은 과잉 목표 설계자들(나는 계획 세우는 걸 병적으로 좋아한다)을 위해 덧붙일 팁이 하나 더 있다.

목표를 적을 때는
반드시 종이나 포스트잇을 사용해야 한다.
생산성 앱은 금물이다.

이렇게 말하는 이유는 생산성 앱의 장점이 목표를 세우는 과정에서 치명적 단점으로 작용하기 때문이다. 아이디어가 생각날 때마다 무한정 늘어나는 생산성 앱의 빈칸을 채우다 보면 애초에 단 하나의 계획을 세우겠다는 결심이 와르르 무너지고, 실제 하나의 계획이 다섯 배 이상 늘어나는 데는 일주일이 걸리지 않는다.

고심 끝에 올해의 습관 만들기 리스트가 정해지면 그때부터 그것을 실행할 세부 아이디어를 짠다. 계획은 요일이나 시간, 장소를 바탕으로 한 구체적인 것일수록 좋다. 가령 외국어 공부하기 같은 거창한 계획보다 서점에서 산 100페이지 남짓의 문법책 한 권을 출퇴근길 30분씩 공부해 한두 달 내에 끝낸다는 계획이 낫다는 뜻이다.

가령 '살을 빼겠다'라는 목표를 미분하면 여러 아이디어가 떠오를 것이다. 야식하는 습관을 없애기 위해 배달 앱을 지우거나, 맥주 대신 제로 칼로리인 무알코올 맥주를 선택하거나, 탄산음료 대신 과일 바구니를 눈에 보이는 곳에 올려놓는 식인데 본인에게 맞는 것을 적절히 적용하면

된다. 여기에 목표에서 이탈하지 않기 위한 원칙이 하나
더 있다.

성공 계획과 실패 계획을 동시에 세워야 한다.
실패를 예외적으로 다루면
효과적으로 목표에 도달하기 어렵다.

다이어트와 운동을 하는 와중에도 약속이나 날씨, 기분
저하나 식욕 폭발로 계획이 틀어지는 돌발 변수는 늘 생긴
다. 이때 우리는 스스로 회유하기 시작한다. '어차피 비 오
는데, 어차피 먹었는데—'라는 식이다. 실제 심리학에는
'에라 모르겠다 효과What The Hell Effect'라는 게 있는데 이
때 필요한 게 실패 계획이다. 다이어트 계획을 세우되 치
팅 데이Cheating Day나 주말 디저트 데이처럼 한순간의 이
탈을 막기 위해 완충 장치를 만드는 것이다. 성공을 위해
실패를 미리 계획하는 건 '인간의 의지력이 생각보다 더
약하다'란 심리학의 지혜를 활용한 것이다.

사실 우리가 습관 만들기에 실패하는 가장 큰 이유는 자
신의 의지력을 과신하기 때문이다. 낮 동안 참았던 식욕이
한밤에 폭발하는 건 의지력이 배터리처럼 쓰면 쓸수록 고
갈되는 자원이기 때문이다. 심리학자 로이 F. 바우마이스
터는 의지력 분야의 최고 전문가로, "평균적으로, 사람들

이 의지력을 동원해 유혹을 이겨내는 경우는 절반"[7]에 불과하다고 강조한다. 그는 오후 네 시의 저혈당이 판사들의 선고에 미치는 영향을 분석하며 인간의 의지력을 한 문장으로 표현했다.[8]

"포도당 없이는 의지력도 없다!"[9]

우리는 사이렌(아름다운 노래로 뱃사람들을 유혹해 배를 난파시킨 반인반수의 요정)의 노래에 넘어가지 않기 위해 돛대에 자신의 몸을 꽁꽁 묶어달라고 강제한 오디세우스의 지혜를 기억해야 한다. 우리에게 필요한 건 나를 묶을 돛대, 즉 '이행 장치'다.[10]

다이어트를 결심했다면 SNS에 선포하고 매일 다이어트 일기를 올려라. 이번 주 금요일 오전에 원고를 보내겠다고 편집자에게 확언해라. 더 강력한 선언은 약속을 어길 시 과징금을 내겠다고 약속하는 것이다.

내가 본 가장 인상적 이행 장치는 《역행자》의 저자 자청이 2주 이내 원고를 보내지 못하면 편집자에게 무려 1,000만 원의 벌금을 내겠다고 약속한 장면이다.[11] 내가 새벽 다섯 시 모닝 챌린지를 하기 위해 썼던 동기 부여 앱 역시 약속을 어기면 스스로 정한 벌금을 사정없이 떼어간다. 일곱 살 아이조차 본인이 직접 손으로 쓴 약속 카드를 내밀면 울며 겨자 먹기로 약속을 지키려고 노력한다.

벌금이 많을수록 성공 가능성도 높아진다.
의지를 맹신하지 마라.
대신 어떤 이행 장치를 쓸 것인지
고민하는 편이 훨씬 낫다.

———

새해가 시작되는 1월 1일에 갑자기 헬스클럽 등록자 수가 느는 이유는 뭘까. 흥청망청 마시던 연말을 뒤로 한 채, 우리가 새 다이어리에 금주나 영어 공부라는 목표를 적는 까닭 말이다. 《슈퍼 해빗》에는 그 이유가 상세히 설명돼 있다. 우리가 시간을 '에피소드' 단위로 기억한다는 것이다.[12] 내 경우 대학 입학, 결혼식, 첫 출근, 집 앞 정류장에서 처음으로 내 소설의 버스 광고를 본 날처럼 몇 개의 에피소드로 시간이 구성되어 있다. 이것은 고등학생에서 대학생, 미혼자에서 기혼자, 취준생에서 회사원, 다시 소설가로 내 정체성이 바뀌는 매듭을 설명한 단위이기도 하다.

책에 따르면 "성공한 도전의 36퍼센트가량이 이사를 했을 때 이루어졌다"란 흥미로운 수치가 등장한다. 이사나

이직처럼 물리적 이동에 따른 변화는 습관을 형성하는 데 강력한 힘을 발휘한다는 뜻이다.[13]

새해, 입학, 졸업, 결혼, 출산, 취직, 퇴직까지
삶에는 크고 작은 변화들이 주기적으로 밀려온다.
만약 습관을 바꾸고 싶다면 이때야말로 최적기다.

습관 전문가들의 조언에 따르면 '7일, 30일, 100일' 단위로 시간을 계획하는 것도 효과적이다. 시간 단위마다 중간 목표를 체크하고, 성공할 때마다 자신에게 여러 번 보상하는 것이다. 앞에서 말했듯 습관의 연쇄작용을 이해하는 건 정말 중요하다. 원하는 새로운 습관이 있다면 원래의 습관과 습관 사이에 끼워 넣는다.

엄마들은 본능적으로 이 전략을 이해했다. 햄과 치즈 사이의 오이나 양상추처럼 아이는 싫어하지만 반드시 먹어야 하는 채소를 끼워 넣는 것이다. 가령 나는 이를 닦을 때 까치발로 서서 닦는다. 종아리근 손실을 방지하기 위한 꼼수지만 꽤 효과적이다. 손을 씻을 때는 손뿐 아니라 얼굴에도 수분 크림을 바른다. 피부 건조증 때문인데 습관과 습관 사이에 끼워 넣는 방법으로 15년 넘게 유지하고 있다. 최근에는 화장실에서 나올 때마다 문을 닫고 서서 스쿼트을 20회씩 하는데, 이렇게 하면 하루 100회를 어렵지 않게 채울 수 있다. 이 모든 것이 연쇄적 화장실 루틴으로 완성된다.

만약 한 달에 책 한 권을 읽기로 했다면 출퇴근 시간 버스나 지하철을 기다리는 시간 사이에 독서 습관을 끼워 넣거나, 근력 운동을 하는 습관을 만들고 싶다면 엘리베이터 대신 계단을 이용하는 게 더 효율적이다. 생활 속의 다양한 장치(설거지, 양치질, 화장실 가기, 버스나 지하철 기다리기 등등)를 습관을 만드는 도구로 활용하는 것이다.

———

습관 형성의 원리를 적용하면 원하는 습관을 만들 수 있다. 하지만 본질적인 건 어렵게 만든 그 습관을 어떻게 유지하느냐다. 이 질문에 대해 제임스 클리어는 "어떤 사람이 되고 싶은지에 집중하는 데"[14]에서 시작해야 한다고 충고한다. 이 질문에 "전 흡연자가 아닙니다!"라고 답할 수 있다면 그것이 금연자로 정체성을 바꿨다는 신호라는 것이다.

살을 몇 킬로그램 빼겠다는 목표보다 중요한 건 건강한 음식을 먹는 사람이라는 정체성의 변화다. 토익 점수 같은 목표에만 집중하면 외국어를 배우는 본질인 외국인과 소통하는 사람이 되는 삶과는 멀어진다. 책 100권을 읽는 목표보다 중요한 건 독서가가 되는 것이다. 유권자 설문 조사에서 "투표를 할 것인가?"를 "투표자가 될 것인가?"로 고치는 작은 변화만으로 "공식 유권자의 투표율을 10퍼센트 이상 높였다"라는 연구 결과 역시 습관이 자기 정체성과 연결된 탓이다.[15]

습관이 정체성과 긴밀히 연결될 때,
그것은 습관 하나로 끝나지 않는다.
삶을 바꾸기 시작한다.
해야 한다가
하고 싶다로 바뀌기 때문이다.

———

새해 목표에 여전히 다이어트, 금연, 금주, 미라클 모닝, 외국어 공부를 10년 넘게 쓰고 있는 우리에게 건네고 싶은 말이 있다. 우리에겐 여러 번 좌절돼 굳은살처럼 박인 실패의 낙인이 있다. 오랫동안 내겐 그것이 '미라클 모닝'이었다. 스무 살 이후, 나는 새벽 세 시 이전에는 거의 잠들어본 적 없는 극강의 올빼미형 인간이었다.

한밤에 어떤 시간을 보냈든 상관없이 오후에 일어나 텅

빈 거실에 앉아 있으면 스스로 나태하다는 자책을 떨치기 힘들었다. 그 우울감이 싫어서 20년 넘게 나는 일찍 일어나기에 집중했다. 알람 시계를 바꾸고, 침대 배치를 바꾸거나, 베개와 잠옷을 바꾸며 안 써본 방법이 없었다. 실패만 했던 건 아니다. 직장 생활을 했던 몇 년 동안은 거의 성공할 뻔한 적도 있다. 하지만 그때 내가 간과했던 건 '미라클 모닝'의 핵심이 실은 '일찍 잠들기'에 있다는 것이었다.

고백하면 내가 아침형 인간이 될 수 있었던
가장 큰 이유는
아침 다섯 시 기상이 아니라
밤 열 시 취침 챌린지에 성공했기 때문이다.

워런 버핏에 가려진 은둔의 2인자 찰리 멍거는 이런 사실을 일찌감치 터득했다. 내가 버핏의 그림자에 가려 있던 멍거에 열광하게 된 건, 그의 특별한 사고 체계 때문이었다. 그는 기업의 규모가 얼마나 큰지 알고 싶을 때 그 기업이 파산하거나 무너지면 어떻게 될지부터 생각했다. 그는 행복하려면 불행부터 알아야 한다고 생각했고, 채우는 것보다 비우는 것에 늘 더 몰입했다. 사고는 올라갈 때가 아니라 하산할 때 더 자주 일어난다는 걸 직감적으로 알았다. 이것이 그가 평생 습관으로 구축한 '거꾸로 사고법'이었다.

나는 멍거와는 정반대의 '거꾸로 사고' 때문에 오랫동안 나 자신을 실패의 아이콘이라 믿었다. 선착순 300명 한정 증정 이벤트에서 301번째 서 있던 아이처럼 불행이나 실패에 대해 분석하는 대신 그것에 매몰돼 늘 실패할 것 같다는 걱정을 달고 살았다. 하지만 역설적으로 떨칠 수 없는 이런 불안 때문에 나는 늘 단골 카페의 첫 손님이 되어 미리 쓰고, 여러 번 고치고, 규칙적으로 일하는 습관을 가지게 됐다.

생애 동안 나를 힘들게 한 불안의 유전자 탓에 나는 늘 성공이 아니라 실패한 사람들에게 더 눈길이 갔다. 득점골을 넣은 선수가 아니라, 상대편 골키퍼의 망연자실한 얼굴이 먼저 보였다. 1,000개의 전화번호를 가지고 있어도 전화를 걸 사람이 아무도 없는 사람, 누구도 먼저 춤추자고 하지 않는 반에서 가장 뚱뚱한 여자애, 시끄러운 구내식당 구석에서 쓰다만 편지지처럼 구겨져 고개를 숙인 채 서둘러 밥 먹는 남자아이를 보면 늘 마음이 갔다. 무슨 일이 있었던 걸까. 왜 저런 표정 없는 표정을 짓게 됐을까. 멈출 수 없는 이런 질문들이 나를 끊임없이 '쓰는 사람'으로 만들었다.

타고난 천성을 바꾸는 건 힘든 일이다.
하지만 습관은 바꿀 수 있다.

'커피콩 60알'로 아침을 시작한 베토벤이나 '블랙커피 50잔'을 마시며 글을 썼던 발자크의 독특한 습관의 배경에도 깊은 불안이 있었다. 그러나 더 중요한 건 커피콩의 개수나 양이 아닌 이들이 써낸 엄청난 양의 위대한 작품들이다.

내 몸무게는 그동안의 식습관이 쌓인 결과다.
승진은 내 업무 습관이 쌓인 결과며
자산은 내 경제 습관이 축적된 결과다.
긴급할 때 내 전화를 받아줄 사람들 수는?
내 인간관계 습관의 총합이다.

좋은 습관이 결국 좋은 삶이다.

2부

느림

과속으로 달리다가
저속으로 바라볼 때

2020년 2월 25일, LA행 비행기를 타기 위해 인천국제
공항에 갔다가 뉴스 속보를 봤다. 내가 탈 비행기의 승무
원이 코로나19에 감염됐다는 보도였다. 문득 나를 포함해
도 대여섯뿐인 텅 빈 공항이 비현실적으로 느껴졌다. 머릿
속에서 비상경계 사이렌이 요동쳤다. 졸지에 재난 영화 속
주인공이라도 된 것처럼 나는 열두 시간 넘는 비행이 어떻
게 펼쳐질지 상상했다.

마스크가 꼭 비행기 테러범이 채운 수갑처럼 느껴졌
다. 나처럼 바이러스나 미세먼지에 심한 공포증을 가진 사
람은 단 한순간도 마스크를 벗을 수 없다. 기내식은커녕
물조차 마실 수 없는 좁고 건조한 2만 피트 상공에서 나
는 애초에 계획한 모든 일이 틀어질 거란 걸 예감했다. 결
국 입국장 앞에서 비행을 포기했다. 지난 몇 달간 이날을
위해 온갖 마감 스케줄을 조율하며 일만 했다는 게 믿기
지 않았다. 그때까지 미국은 코로나19로 사망할 자국민이

100만 명을 넘어설 것이라는 암울한 앞날을 예상하지 못한 채 평온하기만 했다.

몇 주 만에 마스크 없인 한 발자국도 나갈 수 없는 전 세계적 셧다운이 시작됐다. 텅 빈 뉴욕의 맨해튼과 파리의 에펠탑, 샌프란시스코의 금문교에 나타난 코요테를 TV로 바라봤다. 하루도 빠지지 않고 코로나19 확진자 수와 감염 경로를 검색했다. 시간이 점점 늘어져, 눈을 감으면 시계 초침 소리가 느릿느릿 내 발밑을 기어다니는 것 같았다. 하지만 예정된 강연과 방송이 하나둘 취소되고 연기됐을 때도 나는 이 재난이 사스나 메르스처럼 서너 달이면 끝날 거라고 믿었다. 조금만 견디면 모든 것이 이전으로 되돌아올 거라고 말이다. LA행 트렁크에 넣은 새 수영복과 수경을 3년이나 착용하지 못할 거라곤 그때는 전혀 예상하지 못했다.

친구의 SNS에서 '1년 전 오늘 내 추억 보기'를 봤다. 물끄러미 바라본 그 풍경 안에는 마스크 없는 평범하고 당연한 날이 놓여 있었다. 그날 "처음으로 여행이 우리를 떠났습니다"로 시작하는 항공사 광고를 유튜브에서 봤다.

늘 우리가 여행을 떠난다 생각했지만
이제 여행이 우리를 떠나버렸다.

실연당한 여자처럼 그 말을 되뇌자 곧 다시 떠날 수 있을 거라고 믿고 치우지 않은 LA행 트렁크가 덩그러니 떠올랐다. 길을 걷다가 동네 미용실 광고판에서 마스크를 쓴 모나리자를 보던 날, 스타벅스 로고의 주인공인 세이렌의 얼굴에서 마스크를 보던 날을 기억한다. 늘 바깥으로 나가라고 외치던 오프로드 자동차 브랜드 지프 역시 "지금은 위대한 실내를 탐험할 시간이다 It's time to explore the great indoors"라며 집에 머물라는 캠페인을 벌이고 있었다.

아주 오랫동안 내게 여행은 끝없이 집으로 되돌아가는 일이었다. 하지만 되돌아올 일 없이 집 안에 갇혀 있던 그때, 나는 여행에 대한 내 정의 또한 어긋난 뼈를 맞추듯 아프게 바뀔 거라고 직감했다. 그날 우크라이나 정부의 사회적 거리 두기 공익광고에 등장한 레오나르도 다빈치의 〈최후의 만찬〉에는 내가 본 가장 쓸쓸한 풍경이 놓여 있었다.

열두 제자가 떠나고
홀로 남아 마스크를 착용한 예수님 앞에
놓인 단출한 1인분의 식사가.

만약 이후 3년간 일어날 모든 일을 내가 미리 알았다면 나는 어떻게 살았을까. 세 차례의 백신과 여러 번의 셧다운이 반복되며 일상으로의 복귀가 자꾸 지연됐다는 걸 미리 알았더라면 말이다.

코로나19 이전 10년 동안, 나는 15분 단위로 시간을 나눠 썼다. 15분 만에 밥을 먹고, 15분 안에 이메일의 답장을 쓰고, 커피를 마시고 이를 닦는 식이었다. 글을 쓰는 데 필요한 강연이나 동영상 자료는 1.25배속이나 1.5배속으로 봤다. 주말에 비가 오거나 미세먼지 농도가 나쁘면 '어차피'라는 말을 되뇌며 작업실에 틀어박혀 일했다.

신문과 잡지, 플랫폼 등 여섯 매체에 소설과 칼럼을 연재했고, 매일 라디오 프로그램을 진행하며 수시로 지방 강연을 다녔다. 좌골신경통 때문에 주로 서서 글을 썼다. 앉는 시간을 줄이려고 편집자 미팅도 카페가 아니라 공원을 걸으면서 할 때가 많았다. 그럼 대체 언제 쉴 수 있었을까. 생리통 때문에 아무것도 할 수 없는 하루가 내가 침대에 누워 맘 편히 쉴 수 있는 유일한 날이었다.

소설가는 예술가의 카테고리에 들어가는 직업이다. 하지만 나는 천천히 사유하는 대신 수시로 커피를 마시며 시간과 시차에 쫓기는 여의도의 펀드매니저나 신경질적인 부장 밑에서 일하는 대기업 과장처럼 일했다. 나를 잘 아는 편집자들은 시간 관리에 관한 책을 쓰면 대박이 날 거란 얘기를 농담처럼 했다. 정신없이 앞만 보고 달릴 때, 나는 중독이 불안의 다른 이름이라는 걸 외면했다. 그때 나는 효율성의 화신이자 허물어지는 일 중독자였다.

이렇게 살면 어떤 일이 벌어질까.
빙하처럼 온몸이 녹기 시작한다.

천천히, 하지만 선명히 허물어진다. 극장에서, 차 안에서, 친구와 얘기하다가도 졸기 시작했다. 책을 읽으면 문장이 일그러지는 일이 잦아 안경을 바꿨다. 나중에 알았지만 노안이 아니라 미세 난독증과 우울증의 시작이었다. 노트북 앞에 있으면 가끔 중간이 텅 빈 링 모양의 도넛이 떠올랐다. 귀퉁이가 반쯤 녹은, 산패 중인 거대한 도넛이었다. 번아웃이라는 걸 알았지만 쉴 수 없었던 건, 달려온 속도만큼 멈추는 게 너무 어려웠기 때문이다. 하지만 그 지경에도 나는 책 쓸 궁리를 했다. 그즈음 내가 유일하게 쓰고 싶은 책 제목은 '일하지 않고 죄책감 없이 쉬는 법'이었다. 그때 코로나19가 터졌다.

———

코로나19 이후 가장 많이 달라진 건
변화 자체가 아니었다.
변화의 속도였다.

이제 우리는 2~3배속 변화 사회에 살고 있다. 재택근무가 정착되기도 전에 메타버스와 챗GPT의 등장으로 수년 안에 사라질 직업 리스트에 내 직업이 들어 있는지 불안한 마음을 숨길 수 없게 됐다. 물론 화상 회의나 강연이 가능한 줌 미팅은 이전에도 있었다. 온라인 마켓, 라이브 커머스, 싸이월드 같은 SNS도 이미 존재했던 서비스였다. 하지만 코로나19 이후 변화의 속도는 현기증이 날 정도였다. 나는 '줌'이나 '잔디' 같은 화상회의 앱을 대여섯 개나 깔고, 동영상 강연에 익숙해져야 했다. 각 도서관이나 기관, 단체마다 이용하는 업무 툴이 제각각이었기 때문이다.

디지털계의 네안데르탈인인 내가 느낀 불안을 어떻게 설명해야 할까. 이제 간신히 얼굴을 마주하는 대면 강연에 익숙해졌는데 이모티콘만 떠 있거나, 사람들의 얼굴이 사라진 검은색 화상에서 강의해야 하는 난감함을 말이다. 검은 바다를 바라보며 녹기 시작한 빙하와 함께 떠내려가는 조각배 위에 선 기분이라고 해야 하나.

시간이 지나갈수록 책 읽는 데 어려움이 커졌다. 책 한 페이지를 겨우 읽는데도 한참이 걸렸다. 그즈음 광고 회사에 처음 입사하고 온라인 서점 MD와 잡지사를 거쳐 작가가 되기까지의 내 여정을 되돌아보기 시작했다. 마흔 살이 넘었는데도 여전히 헤매고 있다는 사실이 참 난감했다. 그중 나를 가장 당혹스럽게 했던 건 관련업에 종사한 20년 넘는 내 업력이 변화된 현실 속에서 작동하지 않는다는 사실이었다. 내 안의 내비게이션은 고장 나 있었다.

이후의 얘기들은 지리멸렬한 실패의 역사다. 유튜브 채널을 개설하려다 접고, 시도하고, 실패하고, 다시 시도한 이야기, '올해의 책'을 추천해달라고 전화한 서점 에디터에게 "올해 나온 신작을 한 권도 읽지 못했다"라는 답을 내놓던 순간의 비루함, 열 번이 넘는 시도 끝에 시간 관리 앱을 사용해 아침형 인간이 된 사연까지, 나는 갈팡질팡 실패와 적응을 오갔다. 하지만 나를 가장 괴롭혔던 건 생산적 일을 해야 한다는 강박이었다. 그것은 내 피부에 유착돼 나를 평생 괴롭힐 것 같았다. 내가 아는 건 한 가지였다. 지금처럼 살면 안 된다는 것. 새로운 삶의 방식을 찾지 못하면 나는 계속 불안하고 지금처럼 아플 거라는 사실이었다.

그때 잠시라도 마스크를 벗고 걷고 싶어서 사람 없는 곳을 찾아다니다가 우연히 인적 없는 수변 공원 하나를 발견했다. 돌보는 사람 없이 우거진 잡초와 버드나무, 자작나무 위에는 알뜰히 지어놓은 까치집이 여럿 보였다. 자유롭게 날아다니는 까치를 보며 백신을 맞거나 코로나19 검사를 하지 않아도 국경을 넘나들 수 있는 새가 처음으로 부럽다고 생각했다. 그때 오래된 첫 번째 의문 하나가 떠올랐다.

까치 어미는 어떻게 저 많은 새끼에게 먹일 먹이의 순서를 정할까?

너 나 할 것 없이 배고픔을 호소하며 턱이 무너질 듯 입을 벌린 아비규환 속에서 어떻게 어미는 침착함을 잃지 않고 먹이의 순서를 정할까. 새가 사람처럼 고도화된 언어로 소통하는 것도 아니고, 순번을 정하는 번호표가 목에 걸려 있는 것도 아닌데 말이다. 모든 생명은 종족 번식을 위한 유전자의 명령에 복무하는데, 여기에는 생의 비밀이 숨어 있을 것 같았다.

오래전, 파블로 피카소의 전시장에서 한 남자가 "저 정도 그림이면 나도 그리겠다!"라고 푸념하며 지나가는 걸 본 적이 있다. 마크 로스코의 추상화나 마르셀 뒤샹의 변기를 보면서 비슷한 생각을 한 사람도 적지 않았을 것이다. 그들의 작품이 소더비스Sotheby's 같은 경매 회사에서 수백억 원씩에 거래되고 있다는 건 알고 있지만, 어째서 마스터피스인지 모르겠는 마음이었을 것이다. 두 번째 내 질문은 이것이다.

우리는 왜 위대하다고 평가받는 화가의 작품에 쉽게 감동받지 못할까?

내가 갤러리의 작품을 보고 눈물을 흘린 적은 두 번이다. 한 번은 이태원의 리움 미술관에서 본 알베르토 자코메티의 조각상 앞에서였고, 다른 한 번은 파리의 퐁피두 센터에서 본 프랜시스 베이컨의 그림 앞에서였다. 사실 '왜 울었는가'는 내가 하려는 얘기의 핵심이 아니다. 내가 하고 싶은 말은 이 우연한 두 번의 체험에 어떤 공통점이 있느냐는 것이다.

올리버 버크먼의 《4000주》(현대인의 수명을 80세로 가정했을 때 우리가 사는 시간이 '4000주'다)에는 하버드대학교에서 악명 높은 첫 과제로 유명한 수업이 등장한다. 학생들이 집단 패닉에 빠진다는 그 강의는 제니퍼 로버츠 교수의 미술사 첫 과제로 널리 알려져 있다. 과제 자체만 두고 보면 간단하다. 지역의 박물관이나 갤러리에서 그림이나 조각 작품

을 딱 하나만 선택한 후 세 시간 동안 감상하는 것인데 이
때 절대 이메일이나 전화, 일체의 SNS 확인은 금지다. 유
일하게 허용되는 건 오로지 화장실 다녀오기뿐이다.[1] 나의
세 번째 질문은 이것이다.

로버츠 교수는 학생들에게 왜 이런 엉뚱한 과제를 내는
것일까.

━━

우리는 클릭 한 번이면 모든 게 해결되는 세상에서 산
다. 생산성을 중시하는 자본주의의 속도, 즉 '효율성'은 신
흥종교처럼 우리를 사로잡았고 삶의 속도를 계속 높여왔
다. 효율성에 초점을 맞춘 물건도 쏟아졌다. 하지만 사람
들은 곧 최첨단 무선 청소기나 건조 기능까지 겸비한 세탁
기, 식기세척기가 나와도 일이 전혀 줄지 않는다는 아이러
니에 봉착한다. 출근 전 로봇 청소기를 돌려도 퇴근 후 시
간이 늘 부족하다.

왜 이러한 악순환이 반복될까. 효율성이 강조될수록 청
결에 대한 기준이 이전보다 높아지기 때문이다. 프라다에
만족하던 갈망이 채워지지 않는 건 소득이 높아지면 그
갈망이 샤넬이나 에르메스에 대한 열망으로 바뀌기 때문

이다. 온갖 시간 관리 앱을 써서 일의 효율을 높여도 갈수록 일이 더 많아지는 건 일을 잘하면 더 중요한 업무를 맡게 되기 때문이다. 기업이 HR 부서의 역량을 강화하고 사람을 '인재人材', 즉 자원의 일종으로 규정한 이유가 무엇이겠는가.

승진이 빨라질수록 일은 산술급수적이 아니라
기하급수적으로 늘어난다.
시간을 아껴주는 기술이 발달할수록
시간을 착취하는 기술은 훨씬 더 고도화된다.

구글이나 페이스북, 넷플릭스 같은 플랫폼이 개발한 알고리즘은 사용자의 체류 시간을 늘리기 위해 다양한 전략을 구사한다. 무한 스크롤, 연속 재생, 좋아요, 자동 추천, 알림저장 시스템은 우리의 시간을 빼앗는 데 최적화된 시간 도둑이다. 전직 구글이나 페이스북 개발자들의 증언처럼 세계에서 가장 뛰어난 엔지니어와 심리학자들의 합작품인 알고리즘이라는 강력한 툴을 인간이 스스로의 의지력을 사용해 극복할 방법은 없다. 구글의 사내 복지 중 직원들에게 가장 인기 있는 게 '스마트폰 없는 명상 수업'이라는 건 어떤 의미일까. 스티브 잡스가 아이들에게 식탁에서 절대 아이패드를 쓸 수 없게 한 이유 말이다.

효율적 삶의 가장 큰 부작용은 현재를 오직 미래의 목표를 위한 단계로 만든다는 것이다. 명문 사립초등학교는 국제중학교에 가기 위한 준비 단계로, 국제중학교와 외국어고등학교는 명문대학교를 가기 위한 단계로, 명문대학교 입학은 성공적 취업을 위한 수단으로 한없이 현재의 의미는 축소되고 빈약해진다.

시간의 도구화는
뛰어놀아야 할 어린아이조차
예비 의대반 학생으로 만들어 번아웃에 시달리게 한다.

우리는 어떤 일이 자신에게 더 중요한지 처음에는 알지 못한다. 그런 일은 생기는 것이 아니라 닥치거나 벌어진다. 그날 나는 유난히 정적인 영상 하나를 봤다. 처음 영상 속에서 나는 표고버섯의 다양한 주름 패턴을 봤다. 연달아 버섯이 핀 나무 밑동을 걸어가는 딱정벌레의 다리가 보였다. 가장 놀란 건 버섯을 따는 여자의 손가락과 날아다니는 벌의 우아함을 본 것이었다.

여자는 '똑똑' 소리를 내며 버섯을 따고 있었고, 벌은 '윙위위위잉—' 소리를 내며 바람에 흔들리는 데이지 위를 트램펄린을 타듯 위아래로 비행하고 있었다. 영상을 보는 내내 이상하게 마음이 평온해졌다. 나는 홀린 듯 영상 몇 개를 이런 방식으로 봤다. 한 번도 보지 못한 장면을 여럿 목격했고, 결국 셜록처럼 아기 눈동자에 희미하게 비친 식탁 위 전등갓까지 볼 수 있었다. 무슨 이유 때문인지 재생 속도 설정이 0.5배속으로 바뀌며 벌어진 일이었다.

0.5배속의 세상에선 많은 것이 다르게 보였다.

비로소 오래전, 자코메티와 베이컨의 작품 앞에서 터졌던 터무니없는 눈물을 나는 이해할 수 있었다. 두 날 모두 예정에 없던 비가 쏟아졌다. 우산이 없던 나는 별수 없이 반나절 이상 미술관에 머물러야 했다. 휴대전화의 배터리까지 간당간당한 그때 혼자서 무엇을 할 수 있었을까. 반포기 상태로 나는 갤러리 안의 모든 작품을 천천히 둘러보기 시작했다. 아픈 종아리를 주무르며 의자에 앉아 반가사유상처럼 턱을 괸 채 한 작품을 한 시간 넘게 보기도 했다.

결국 나를 울린 건 작품 그 자체가 아니라
내가 공들여 쓴 느릿한 시간들이었다.

자코메티의 앙상한 조각상 앞에서 나는 목수처럼 거친

손이 된 한 남자의 소설을 읽은 기분이었다. 부사나 형용사 같은 수사는 제거된 채 칼처럼 벼린 동사와 명사만 작동하는 거장의 문장이 내 눈앞에 있었다. 베이컨의 그림 앞에서는 강렬한 우울감이 부딪쳐 멍들고 공명하는 소리를 들었다.

과연 조각을 읽고,
그림을 듣는 일은 가능할까.

가능하다. 로버츠 교수가 학생들에게 가르치고 싶었던 것 역시 그랬다. 그녀는 여기저기 클릭하고, 정신없이 스크롤을 넘기듯 사는 지금의 속도를 늦추지 못한다면 학생들이 예술에서 감동을 느끼긴 힘들 거라고 생각했다. 무엇보다 그녀는 학생들에게 쉽게 보이지 않는 삶의 사각지대를 보여줄 새로운 규칙을 제시하고 싶었다.[2]

그것은 '의도적으로 천천히 보기'였다.

———

전 구글 수석 디자이너인 제이크 냅과 존 제라츠키는 저서 《메이크 타임》에서 자신들의 일이 검색에 드는 속도와 시간, 즉 마찰력을 줄여 사람들을 최대한 웹사이트에 머물게 하는 것이었음을 고백한다.[3] 이들의 최종 목표는 웹 사용자들이 장애물 없는 얼음 위를 미끄러지듯 달리게 만드는 것이었다.

만약 새로 산 GPS가 목적지가 아닌 엉뚱한 곳으로 나를 인도한다면 계속 사용할 수 있을까. 당장 수리를 맡기거나 폐기 처분할 것이다. 하지만 필요한 정보를 얻기 위해 접속한 인터넷에서 우리는 대부분 목적지가 아닌 엉뚱한 곳을 배회한다. 애초의 목적과 상관없는 콘텐츠를 보느라 시간을 뭉텅뭉텅 날려버리는 것이다.

나 역시 가끔 무한 스크롤이 내 시간과 집중력을 모조리 빨아들이는 끝도 없이 펼쳐진 거대한 자석 폭포처럼 느껴진다. 구글벤처스에서 최적의 시간 관리법을 실험했던 이들은 자신들이 설계한 웹의 미친 속도를 늦추기 위해선 웹 사용자들이 반드시 자신만의 '과속방지턱'을 만들어야 한다고 강조한다.

그들의 제안 중에는 스마트폰에서 유튜브나 넷플릭스, 페이스북, 각종 생산성 앱 등을 모두 삭제하라거나, 'ON'으로 된 디폴트Default(초기 설정) 알람을 모두 'OFF'로 바꾸고, 와이파이 없이 비행하라는 제안이 있다. 하지만 개인적으로 스마트폰의 첫 화면을 '빈 화면'으로 남겨두라는 제안이 마음에 와닿았다. 첫 화면의 모든 아이콘을 다음 화면으로 옮기면 스마트폰을 사용할 때마다 텅 빈 검은 첫 화면이 검고 고요한 우주처럼 느껴지기 때문이다.

실제 사용해본 결과 이 방법은 일에 집중하다가 갑자기 스마트폰을 켜고 싶을 때 효과적이다. 텅 빈 첫 화면이 "지금 정말 유튜브를 보길 원하는 거니? 아니면 글 쓰는 게 싫어서 습관적으로 이러는 거니?"라고 되묻는 것 같아서다. 카를 마르크스의 《공산당 선언》에 빗대면 산만함(주의력 결핍)은 우리 시대의 유령이다.[4] 우리가 속도를 얻고 잃은 가장 소중한 능력은 집중력이다. 하지만 나는 많은 사람이 집중력을 잃어가고 있는 지금, 머지않아 새로운 시대정신이 부각할 거라 예감한다.

멀티태스킹의 시대는 가고
곧 싱글태스킹 능력이 강력히 부상할 것이다.

———

세상 모든 것엔 속도가 있다. 꽃도, 나무도, 계절도 각자의 속도를 품고 있다. 같은 꽃이라도 일찍 핀 꽃은 일찍 지고, 늦게 핀 꽃은 늦게 진다. 그러나 우리는 효율성을 좇느라 종종 자연스런 몸의 리듬을 놓친다. 스페인의 산티아고 순례길을 걸은 친구들이 내게 들려준 건, 멀리 가려면 자신만의 속도로 가야 한다는 말이었다. 한 달 만에 긴 여정을 폭주하듯 돌파한 후 뒤늦은 통증으로 고생하는 사람도 여럿이고, 함께 걷는 사람의 빠른 속도가 부러워 무리하다가 발의 물집 때문에 며칠을 주저앉는 사람도 많다고 한다.

한 번뿐인 인생을 실컷 즐기고야 말겠다는 욜로족도 남들보다 빨리 은퇴해 쉬고야 말겠다는 파이어족도 반대 방향의 움직임처럼 보이지만 이들이 밟는 건 동일한 가속 페달이다. 그러나 최고의 가속도를 추구하는 슈퍼 카 제조업체가 가장 중요하게 생각하는 것 중 하나는 '엔진'이 아니라 '브레이크'다.

멈추고 싶을 때
멈출 수 있는 브레이크가 없다면
최고의 속도는 무의미하다.

폴 보가드가 쓴 《잃어버린 밤을 찾아서》에는 미국 국립공원관리공단에 있는 '밤하늘팀'이 등장한다. 이 어둠의 옹호자들에 의하면 미국의 데스밸리국립공원은 미국 전역에서 몇 없는 '어둠 레벨이 1'인 장소다.[5] 그곳에 가면 하늘 천장이 무너질 듯한 거대한 별 무리를 관찰할 수 있다. 하지만 처음부터 우리가 그곳의 별들을 다 볼 수 있는 건 아니다. 도시의 빛에 오염된 우리의 눈이 어둠에 적응하기까지 시간이 걸리기 때문이다. 별 안내자들은 그 시간을 두 시간 이상이라고 밝힌다. 최소 별 450개를 한눈에 바라볼 수 있을 때, 우리는 이 압도적 별들의 산란을 온몸으로 체감할 수 있다.[6]

내가 본 가장 아름다운 별들은 아잔타 석굴이 있는 인도 마하라슈트라의 작은 마을에 있었다. 전기도 들어오지 않는 오지 마을에서 나는 빛나는 별들의 무게에 압도돼 몇 시간 동안 꼼짝도 할 수 없었다. 암호 같은 별들의 문자로 쓰인 우주의 책을 마주한 기분이었다. 그 빛이 너무 밝고 많아서, 한여름에 내리는 별들의 눈보라가 내 눈앞에서 휘몰아치는 것 같았다. 그때 아무리 불러도 움막에 들어오지 않던 나를 찾아 나선 할머니가 내 손에 쥐여주던 차이 티의 생강과 시나몬 냄새는 별들의 향수처럼 내 코끝을 스쳐 지나갔다. 너무 아름다운 것을 보면 왜 말이 사라지고, 그 자리에 눈물이 머무는지 그날의 별들을 천천히 헤아린 후, 나는 알 수 있었다.

삶이란 스스로의 속도로 나만의 풍경을 얻는 과정이다. 풍경의 각별함은 많은 부분 속도가 좌우한다.

한 연구에 의하면 50대에 최저점을 찍는 행복 곡선은 'U

자형'을 그리며 70대에 절정에 이른다. 인간은 70대가 되면 스트레스에 초연해지면서 비로소 과거나 미래가 아닌 현재를 살 수 있는 능력이 최대치가 된다. 시간 시야가 좁아지기 때문이다. 그때에 이르면 우리는 손녀의 웃음소리나 손자의 발걸음에 집중할 뿐, 아이의 학원 숙제나 대학 입시에 크게 연연하지 않는다. 더 이상 시간을 과정으로 이해해 도구화하거나 투자 개념으로 보는 관점에서 자유로워진다. 대단한 걸 경험하겠다는 욕심에서 벗어나 봄날의 꽃에, 가을의 단풍에, 겨울의 눈에 감탄하며 오롯이 현재와 마주한다.

이제 내가 던졌던 첫 번째 질문 "까치 어미는 어떻게 저 많은 새끼에게 먹일 먹이의 순서를 정할까?"로 돌아올 차례다. 미루나무 꼭대기에 둥지를 튼 까치 어미는 어떻게 배고파 우는 수많은 새끼에게 공평하게 밥을 주었을까? 이 질문의 답을 푼 사람은 저명한 조류학자나 생물학자가 아니라, 오랜 시간 매일 새들을 관찰한 평범한 건물 관리인이었다.

우연한 어느 날, 그는 배고픈 새끼가 가장 입을 크게 벌린다는 사실을 발견했다. 턱이 무너질 듯 쩍 벌린 입을 보며 그는 생명의 신비를 느꼈다. 그는 어미 새가 허기의 순간을 수학자처럼 포착한다는 걸 깨달았다. 이때 사랑은 모든 순간의 기다림이라 정의할 수 있다. 오랜 인내야말로 존재가 보여줄 수 있는 최고의 사랑이기 때문이다. 배고픈 새끼를 대하는 어미 새의 공명정대함 역시 그랬다. 그리고 그것에는 단 한 치의 오차도 없었다.

3부

감정

모호한 언어의 오해,
적확한 언어의 이해

출판 기획자를 만나 흥미로운 얘기를 들었다. 요즘 스스로 감정 표현을 잘하지 못해서 울거나 짜증 내는 아이들을 위한 책이 인기라고 했다. 무슨 얘기인가 했는데 아이들에게 자신이 느끼는 감정을 정확히 표현하는 법을 알려주는 그림책이라고 했다. 문득 태어날 때부터 마스크 긴 사람에 익숙한 요즘 아이들의 언어 발달이 이전보다 느리다는 기사를 본 기억이 났다. 음성에 의존하는 상호소통 방식이 아이들의 발달에 좋지 않은 영향을 끼친다는 내용이었다.

감정은 중요하다.
가장 중요한 정보이기 때문이다.

원하는 걸 얻는 방법이 오로지 울거나 짜증 내는 것뿐이라면, 아이들도 부모들도 답답하긴 마찬가지다. 이처럼 소통에 어려움을 겪는 아이들에게 필요한 다양한 상황을 그림을 통해 배우면 '기쁜 것'인지 '흥분한 것'인지 '화가 난 것'인지 '무서운 것'인지를 더 잘 알아차릴 수 있다. 반전은 여기서부터다. 아이들보다 뛰어난 어휘력을 갖추고 있지만 어른들 역시 감정에 대해 잘 모른다는 것이다.

감정, 느낌, 기분이 어떻게 다른지 대답할 수 있는가.
질투와 시기는 언뜻 비슷해 보이지만
다른 맥락에서 오는 감정이다.
압박감을 스트레스라고 잘못 이해하는 사람도 많다.

우리는 감정을 모호하게 이해하는 경우가 많다. 복잡하고 불안한 감정을 '괜찮아'라고 말하거나 '스트레스'로 뭉뚱그린 경험 말이다. 고등학교 선생님인 한 후배가 학교폭력 사건에 연루된 아이들에게 가장 많이 듣는 말이 '짜증난다'라고 했다. 부모나 친구에게 느끼는 감정을 얘기해보라고 하면 '짜증 나요!'라는 말부터 꺼내는 이 아이들은 더워도, 추워도, 배가 고파도, 심지어 학폭위에 들어온 자기 자신이나 피해자에게조차 '개짜증 나!'를 연발한다는 것이다. 자신이 느끼는 감정을 짜증 이외의 것으로 표현한 적이 없으니 제대로 된 솔루션이 나올 리 만무하다. 아이들을 가르치는 선생님의 입장에서도 난감하긴 마찬가지다. 우리는 어떤 곳에서도 '감정 언어'를 교육받은 적이 없기 때문이다.

인지심리학자 김경일의 《적정한 삶》에는 이와 관련된 에피소드가 등장한다. 코로나19로 많은 것을 못 하게 되자 사람들이 푸념하기 시작했다. 특히 퇴근 후에 친구들과 호프집이나 편의점 벤치에 앉아 맥주를 마시며 세상 돌아가는 얘기를 하는 게 낙이었는데 그걸 못 하니 너무 불편하다는 것이다. 심리학자인 그는 그런 얘기를 들을 때마다 그건 '불편함'이 아니라 '상실감'이라고 고쳐주고 싶은 욕구를 느낀다고 고백한다.[1]

초등학교 시절, 비 때문에 소풍이 취소된 일이 있었다. 새벽부터 김밥을 마는 엄마 옆에서 김밥 꽁다리를 집어 먹으며 대공원에 갈 생각에 부풀어 있었는데 등교하라니, 날벼락이 아닌가. 눈이 호빵처럼 부어서 온 아이는 나뿐이 아니었다. 내 짝꿍은 교실 칠판에 커다랗게 적힌 소풍 취소라는 글자에 소심히 엑스 자를 그었고, 다른 친구는 빗방울이 맺힌 창문을 바라보며 울기 시작했다. 눈물은 전염력이 세다.

"자! 여러분, 화내지 말고. 울음 뚝!"

선생님이 아무리 교탁을 치고 달래도 울음은 그치지 않았다. 결국 선생님마저 당황해서 아이들에게 소리를 치고 말았다. 이날 아이들은 정말 화가 나서 울었을까?

우리는 어떤 일의 현상을 먼저 보는 실수를 저지른다. 가장 흔한 예로 한 아이가 볼을 꼬집혀 얼굴이 발개져 울고 있고, 덩치 큰 다른 아이가 씩씩거리고 있다면 우리는 대부분 덩치 큰 아이에게 다가가 혼부터 낸다. 하지만 사실과 진실은 일치하지 않을 때도 많다. 꼬집힌 아이가 꼬집은 아이를 먼저 험담했거나 때렸을 수도 있고, 간식을 빼앗아 먹었을 수도 있다.

그러나 우리의 정신적 습관은 현상만 보고 상황을 판단한다. 때리는 아이를 보면 소리부터 지르듯 자극과 반응이 동시에 나오는 경우가 많다. 흔히 '심리적 지름길'(흑인은 폭력적이다, 여자는 수학을 잘하지 못한다, 이슬람교는 과격하다, 보수는 부패한다, 진보는 무능하다 등과 같은 어림짐작. 즉 '휴리스틱Heuristic')이라고 말하는 다양한 편향과 편견에 쉽게 휘둘리기 때문이다.

시급한 건 일단 우는 아이와 씩씩거리는 아이를 각자 다른 공간에 분리하는 일이다. 그 후에 일이 일어난 정황을 차근차근 물어야 한다. 그래야 현상이 일어난 원인을 알 수 있다. 화가 난 건지, 억울한 건지, 창피한 건지, 나도 잘 모르겠는 지금 내 감정의 실체를 알아내기 위한 과정도 똑같다. 흥분하거나 화난 상태에서 우리는 오랜 편향에 따라 쉽게 감정을 재단한다. 그만큼 자신의 감정을 알아내는 건 쉽지 않다.

　만약 그 시절, 선생님이 적확한 감정 언어를 알고 있었다면 상황은 달라졌을 것이다. 선생님은 반 친구들의 행동만 보고 '화가 났다'라고 생각했다. 하지만 화는 부당함에 대한 반응이다. 그때 반 아이들이 느낀 감정은 분노가 아니라 '실망'이었다. 비 때문에 소풍을 갈 수 없어 너무 크게 실망을 한 나머지 아이들 모두가 부루퉁해져 소리 내어 운 것이다.

　아홉 살 꼬마가 놀이공원 롤러코스터를 타려고 긴 줄에 서 있다. 기다리던 아이는 자기가 탈 순서가 다가오자 발을 동동 구른다. 한데 갑자기 기계가 고장 나 작동을 멈췄다고 상상해보자. 아이들은 선물 받았을 때보다 전날 선물 받을 생각에 더 들뜬다. 실망은 간절히 원하는 바가 이뤄지지 않았을 때 느끼는 강력한 감정이다. 선생님이 감정에 적확한 이름Labeling을 붙일 수 있었다면 아이들에게 다른 방법을 제안했을 것이다. 날이 좋은 다른 날 야외 수업을 계획하거나, 아이스크림을 먹으며 체육관에서 하는 실내 소풍처럼 다른 대안을 찾았을 것이다.

후회와 반성.

효과와 효율.

희망과 낙관.

온유함과 나약함.

즐거움과 기쁨.

고독과 외로움.

자유와 여유.

다름과 틀림.

원인과 증상.

이 모든 단어를 우리는 쉽게 혼재해서 쓴다. 언어의 의미가 명확히 구분되면 사람의 심리도 선을 긋고 또렷해진다. 《감정의 발견》에는 예일대학교 학생들을 대상으로 한 흥미로운 에피소드가 등장한다. 학교에 입학하면서 학업 스트레스를 호소하는 학생들의 숫자가 늘자 학교 측에서 원인을 조사하기 시작한다. 수많은 설문과 연구 중 학교는 이것이 공부하면서 받는 스트레스가 아니라 다른 학생들에게서 비롯한 '시기심'에서 촉발된 감정임을 알게 됐다. SAT_{Scholastic Aptitude Test}에서 우수한 성적을 받고 지역에서 수재 소리를 듣던 학생들이 평생 받아보지 못한 성적표를 받고 심리적 붕괴를 겪은 결과였다.[2]

사실 스트레스는 만병의 원인으로 지목되지만 스트레스 자체는 죄가 없다. 오히려 우리 몸의 면역력은 추운 곳에 있거나, 근육을 반복해 펌핑할 때처럼 얼마간의 스트레스를 줄 때 더 강화된다. 피부과에서 피부 재생을 위해 쓰는 다양한 레이저 치료 역시 그런 원리다. 중요한 발표나 시험, 경기 직전의 스트레스는 코르티솔을 분비하며 업무 수행력과 집중력을 한층 높인다.

문제는 스트레스 자체가 아니라
스트레스에 얼마나 오래 노출되는가,
즉 스트레스의 장기화다.

예일대학교 학생들이 스트레스라고 호명한 감정은 공부 자체에서 오는 중압감이라기보다 나보다 더 똑똑한 학생들에게서 느낀 강렬한 시기심과 자괴감에서 오는 감정이었다. 학교는 어떻게 대처했을까. 스트레스가 아니라 학생들의 시기심 관리를 도와주는 부서를 따로 두기를 결정했다.[3]

질투와 시기는 조금 다른 감정이다. 질투는 막 태어난 둘째 아이를 꼬집거나 할퀴는 첫째 아이처럼 엄마와의 관계에서 비롯된 감정이다. 시기는 외모나 몸매, 키, 재능처럼 내게 없는 타인의 무엇을 부러워하는 마음이다. 쉽게 말해 내가 연인의 친한 이성 친구를 '질투'하고, 잘생기고 예쁜 아이돌 출신 배우를 '시기'하는 것이다.

러시아 민화에 이런 이야기가 있다. 운 좋게 마술램프를 발견한 농부가 있었다. 램프를 문지르자 램프 속 지니가 나타나 소원을 말하라고 했다. 농부는 말했다. "옆집에 젖소가 있는데 온 가족을 다 먹이고도 남을 만큼 우유를 생산했어요. 옆집 사람들은 남은 우유를 팔아 큰 부자가 됐죠." 농부의 얘기를 듣던 지니가 "옆집처럼 우유가 잘 나오는 젖소를 구해드릴까요?"라고 물으니 농부가 대답했다.

"아니, 옆집 젖소를 죽여줘!"

인정하고 싶지 않은 마음속 깊은 시기와 질투를 모두 발설해버린 것이다. '부러우면 지는 거다!'라는 말은 엄밀히 말해 틀린 말이다. 부러우면 그 사람처럼 되기 위해 노력한다. 시기하기 때문에 그 사람이 망하길 바라는 것이다. 젖소를 얻는 대신 젖소를 없애달라고 부탁한 농부처럼 말이다.

'사촌이 땅을 사면 배가 아프다'란 속담은 이런 인간 심리를 잘 보여준다. 독일어에도 이런 심리를 반영한 단어가 있다. '샤덴프로이데Schadenfreude'가 그것인데 고통을 뜻하는 '샤덴Schaden'과 기쁨을 뜻하는 '프로이데Freude'의 합성 어다. 즉 '타인의 불행에서 기쁨을 느끼는 마음'을 뜻한다. 굳이 마음속 감정까지 구분해서 알아야 하느냐고 되묻고 싶은 사람도 있을 것이다. 하지만 감정의 구분은 정말 중 요하다.

그것은 의사가 오한과 두통이라는 증상의 이유를 단순 한 감기가 아니라 '뇌염'일 수도 있다고 가정하는 것과 같 다. 증상과 원인을 구분하는 것 역시 중요하다. 급성 허리 통증의 원인이 디스크 파열일 수도 있지만 대상포진 때문 일 수도 있다. 증상이 비슷해 보여도 원인이 다르면 처방 이 완전히 달라야 한다.

고통과 괴로움은 어떻게 다른가. 유발 하라리는 《21세 기를 위한 21가지 제언》에서 "괴로움은 고통에 의해 촉발 될 수도 있는 정신적 반작용"[4]이라고 말한다. 괴로움은 사 랑하는 사람과 헤어지거나 휴가지에서 집으로 돌아가는 비행기에서 유발된다. 술이나 커피를 마시지 못하면 괴로 운 것처럼, 즐겁고 기쁜 느낌을 계속 유지하고 싶기에 생 기는 게 괴로움이다.

반면 고통은 주로 압력이나, 열, 긴장처럼 다양한 신체 적 감각들로 구성되어 있다. 무엇보다 고통은 인간에게 필요한 경험이다. 찌는 듯한 더위나 혹독한 추위를 느끼지 못한다면 체온을 떨어뜨리거나 높이기 위해 어떤 행동도 하지 않을 것이기 때문이다.

우리가 흔하게 겪는 '불안'과 '두려움'은 어떻게 다를까. 불안은 미래가 불투명해서 앞으로의 일을 제어할 수 없다는 것에 대한 걱정이다. 불안은 미래에 대한 관념이다. 반면 두려움은 달리는 차의 브레이크가 고장 나 위험이 코앞에 닥쳤다는 선명한 느낌이다.[5] 두려움은 현재의 감정이다. 비슷해 보이지만 불안과 두려움 역시 시제가 다른 감정이다.

———

어린 시절, 당시 히트작 TV 만화 영화 〈들장미 소녀 캔디〉를 제대로 본 적이 없다. 일요일 오전 아홉 시 예배 시간에 맞추려면 늘 만화가 시작될 때 울리는 주제가만 듣고 집을 나서야 했기 때문이다. 덕분에 "외로워도 슬퍼도 나는 안 울어—"라는 주제가만 귀에 박히게 들었다. 그래서일까. 나는 어릴 때 속상하면 감정을 드러내며 우는 대신 웃는 아이로 자랐다. 어른들은 잘 웃는 나를 착하다고 칭찬했다. '웃는 것 = 착한 것'이라는 공식이 생긴 순간이었다.

원하든 원하지 않든 아이의 성격은 부모의 영향 아래 있다. 시험 점수나 반 석차 같은 결과를 주로 칭찬받은 아이는 실패를 극도로 두려워하는 아이로 자란다는 연구 결과처럼 부적절한 칭찬은 예상과 다른 부작용을 낳는다. 잘 웃는 게 착한 것이라고 인식하게 된 아이 역시 그렇다.

나는 불안하고 슬프면 피가 나도록 손톱을 뜯었다. 발톱도 뜯었다. 엄마에게 혼날까 봐 의자 밑에서, 화장실 안에서, 어두운 장롱 안에서까지 표현하지 못한 마음 대신 내 몸을 물어뜯은 셈이다. 딱지가 가라앉기도 전에 마음은 계속 부서져 가면처럼 웃다가 고장 난 샤워 꼭지처럼 울음이 터지는 일도 많았다. 나는 오랫동안 "요즘 어때?"라는 질문에 "괜찮아"라고 답했다. 하지만 '괜찮아'라는 말은 회피의 다른 이름일 뿐이다.

〈들장미 소녀 캔디〉의 주제가는 틀렸다. 외롭고 슬프면 울어야 한다. 발화되지 못한 감정은 우리 몸에 고스란히 쌓인다. 그 모든 슬픔과 외로움, 실망과 절망은 병의 씨앗으로 우리 몸을 침습한다. 홀로코스트를 겪은 외할머니의 트라우마가 3대째인 손녀에게까지 영향을 미친다는 2014년 《네이처》의 논문이 의미하는 게 무엇이겠는가.

뜨거운 물이 무릎에 쏟아졌을 때 누구도 발갛게 부풀어

오른 무릎을 바라보며 "괜찮아! 별일 아니야!"라고 말하지 않는다. 하지만 적확한 감정 언어를 이해하지 못하면 실연당한 마음을 토닥이며 쉬어야 할 때, 도망치듯 일과 게임, 술로 회피하게 된다. 맞서 싸워야 할 때 도망가고, 격려가 필요할 때 채찍질하며 자신의 상처에 재를 뿌리게 된다. 싫은 사람을 두려운 사람으로 오해하고, 외로움을 허기로 착각해 밤새 먹고 아침에 토하던 내 후배처럼 우리 안의 나침반이 고장 나버린다. 언제 힘을 내고, 언제 힘을 빼야 할지 길을 잃는 것이다.

이제라도 괴롭고 힘든 일을 스트레스로 뭉뚱그려선 안된다. 감정은 결코 사소하지 않다. 우리 삶의 가장 중요한 정보이기 때문이다.

4부

비움

채우는 욕심,
버리는 결심

가끔 TV 프로그램에서 오물과 쓰레기로 가득 찬 집에서 강아지 수십 마리를 키우거나, 쌓아놓은 물건이 너무 많아 누울 공간조차 없이 사는 사람들을 보게 된다. 이런 안타까운 사연은 대부분 극심한 악취와 오물 때문에 고통받아온 이웃의 제보로 알려진다. '저장강박증'이라고도 불리는 이 병은 마음의 불안에서 온다.

　저장강박증은 '언젠가는 필요하겠지'라는 마음에서 촉발된다. 자신도 물건이 많다는 걸 알지만 필요할 때 없을 거란 걱정에 물건을 정리하지 못하는 것이다. 이 마음은 종종 '잃어버리면 어떻게 하지?'라는 불안으로 변형된다. 그렇게 가지고 있는 물건을 잃어버릴까 봐 계속 더 사 모으는 것이다. 이런 악순환이 축적되면 물건의 필요 여부는 더 이상 중요하지 않다. 오로지 물건을 모으기만 하고 버리지 못하는 사람이 된다.

내게도 저장강박증이 있다. 어느 날 써놓은 원고 파일을 정리해보니 3만 개 가까이 됐다. 대부분 신변잡기 잡문들이지만 숫자를 세어보니 놀라웠다. 소설가로 등단하기 전 불안감에 무조건 많이 쓰던 습관이 굳어버렸다. 요즘도 나는 노트북에 글을 쓸 때마다 수없이 저장 버튼을 누른다. 랜섬웨어에 감염된 후 원고를 노트북 두 대와 외장하드 파일에 따로 저장한다. 문제는 많이 써놓기만 했을 뿐 제대로 정리한 적이 한 번도 없다는 것이다. 저장을 수없이 하지만 저장한 장소를 잊거나 저장한 내용을 잊으면 대체 무슨 소용인가. 쌓여 있기만 한 정보는 짐이다.

무한대로 늘어나는 트렁크는 세상에 없다. 여행 가방에 넣을 뭔가를 선택한다는 건 트렁크 안의 다른 것을 빼야 한다는 걸 의미한다. 이 과정이 유독 힘든 나 같은 사람도 있다. 하지만 만약 이 짐을 끌고 가지 않고 매고 간다면, 고스란히 그 무게가 여행 내내 어깨를 짓누를 거란 걸 안다면, 나는 책 몇 권과 신발을 더 뺐냈을 것이다. 막상 여행을 가면 필요할 것 같아서 넣은 물건을 쓰지 않는 경우가 대부분이라는 걸 깨닫는다. 산티아고 순례길 여기저기에 버려진 멀쩡한 신발은 그런 마음의 부스러기들이다. 삶이 명료해지는 건 물건들을 살 때가 아니라 정리할 때다.

바이러스에 감염된 컴퓨터를 복원하는 방법은 일단 리

셋하기다. 이때 프로그램이 묻는다. 모든 데이터를 삭제하시겠습니까? '아니요'를 누른 채 컴퓨터를 초기화할 방법은 없다. 이렇듯 변화의 핵심에는 기존의 것을 버리는 능력이 있다.

시간 관리의 요체는 '무엇을 할 것인가'가 아니라
'무엇을 하지 않을 것인가'를 먼저 결정하는 것이다.
모든 것을 하겠다는 계획이야말로 가장 최악의 계획이다.

책을 낼 때도 같은 원칙이 적용된다. 아마추어와 프로의 차이는 자신이 쓴 문장을 얼마나 덜어낼 용기를 가졌느냐로 생긴다. 워런 버핏이 자신의 전용기를 운전한 조종사에게 건넨 투자 조언도 그랬다. 그는 조종사에게 삶의 목표 스물다섯 가지를 종이에 적게 했다. 그리고 그중 가장 중요한 다섯 가지를 지우게 했다. 버핏은 말했다.

"목록에 남아 있는 스무 가지가 목표를 이루는 데 가장 큰 방해 요소라네. 자네가 가장 중요하게 생각하는 다섯 가지 목표를 전부 달성하기 전까지, 나머지 스무 가지 목표에 절대 어떤 관심도 노력도 기울여선 안 돼!"

스토아 철학자들은 일찌감치 이런 진리를 알고 있었다. 그들은 무엇을 해서가 아니라, 무엇을 하지 않을지를 먼저 결정함으로써 끝도 없는 욕심과 욕망으로부터 멀어지고 마음의 평온을 찾았다. 하지만 집의 평수를 늘리고, 스펙을 늘리고, 버킷 리스트를 늘리는 데 익숙해진 우리는 정작 무엇이 필요한지, 필요하지 않은지를 제대로 생각해본 경험이 없다.

훨씬 더 중요한 것을 위해
덜 중요한 장애물을 치워본 적이 없기 때문이다.

건강해지는 것, 나를 돌보는 것, 가족과의 행복이 삶의 뿌리이며 핵심이다. 하지만 우리는 이보다 덜 중요한 사람들의 부탁이나 이메일, 카톡 메시지, 거절하지 못한 약속과 일에 치여 "시간이 없어!"라는 말을 입에 달고 산다.

행복학에서 기념비적 연구라고 일컫는 그랜트 연구Grant Study(1930년대 말 하버드대학교 2학년생 268명의 생애를 추적하는 것에서 시작된 종적 연구로 현재진행형이다. 지금은 '하버드대학교 성인발달연구Harvard Study of Adult Development'로 불린다)는 의미 있는 관계를 축적하는 것이 행복의 핵심이라 말한다. 하지만 그랜트 연구 이후, 새로운 행복학 연구들은 삶에서 '축적' 못지않게 '배제'가 중요하다는 사실에 주목한다. 불필요한 관계를 정리하는 게 삶의 만족도를 높인다는 요지다.

새 침대를 사면 그에 어울리는 이불과 조명을 사고 싶고, 새 냉장고를 사면 마트에 달려가 식재료를 가득 채워 넣고 싶다. 축적과 가속은 자본주의적이다. 이 리듬과 속도에 빠지면 아무리 많은 성취를 해도 도돌이표 같은 공허함에 빠지고 만다. 이 시스템의 가장 큰 독성은 우리에게서 '충분하다'란 느낌을 빼앗는 것이다. 하와이에 앉아, 어쩐지 몰디브 바닷가에 앉아 모히토 한 잔을 마셔야 할 것 같은 감정에 시달리는 것이다. 불안해서 하나둘 먹기 시작한 영양제가 밥 한 공기라 이제 배가 부를 정도라고 말한 중년의 자조 섞인 농담은 얼마나 서글픈가.

———

장수 분야 세계 최고의 권위자 데이비드 A. 싱클레어 박사가 《노화의 종말》에서 말하는 건강하게 장수할 과학적 비법은 간단하다. 《지속가능한 나이듦》의 저자 서울아산병원 노년내과 정희원 교수가 주장하는 것도 마찬가지다. 그는 한국 고령자의 많은 수가 두 가지 이상의 만성질환을 가지고 있으며 평균 네 가지 이상의 약을 복용한다는 통계를 언급한다.

그에 따르면 복용하는 약이 많아지면 부작용이 늘어난다. 그렇기에 환자가 반드시 필요한 약물만 선별해 복용하는 것이 중요하다. 그는 이것을 "약을 정리한다"라고 표현하는데 노년내과에선 별다른 처치 없이 약을 정리하는 것만으로도 건강이 개선된 환자들이 많다.

싱클레어는 '무엇을 먹느냐'보다 '언제 먹느냐'가 중요하다는 걸 강조한다. 그는 세계 장수촌 주민들을 추적 관찰한 다양한 연구들을 소개하면서 이들 중 상당수가 하루 중 오랜 시간을 아무것도 먹지 않고 지낸다는 걸 알아냈다. 장수 노인 상당수가 '아침 식사를 건너뛰고 이른 점심을 먹어왔다'란 것이다.[1]

간헐적 단식은 삼시 세끼를 든든히 먹어야 한다는 기존의 상식을 깨고 면역력 증강, 노화 방지 같은 건강상의 이득이 크다고 알려졌다. 우리 몸이 불편하고 힘들 때 면역력이 역설적으로 강화되기 때문이다. 배고픔과 역경은 뇌의 생존 신호를 자극한다. 차가운 물로 샤워하거나, 뜨거운 사우나를 할 때 염증 수치가 낮아지고 대신 면역력이 높아지는 원리도 그렇다. 소식과 단식은 수명 연장과 만성 염증을 다스리는 새로운 '뉴노멀New Normal'(시대가 변하면서 새롭게 떠오르는 기준)이다.

삶에는 힘과 쉼이 필요하듯
마음에는 안전지대

몸에는 불편지대가 필요하다.

우리 몸은
꽃길이 아닌
돌길을 걸을 때 더 건강해진다.

———

최신형 오토바이를 타고 전국 곳곳을 누비며 지역의 온 갖 맛집을 찾아다니는 예능 프로그램을 본 적이 있다. 형제 같은 두 남자의 미식 탐방이었다. 한 남자가 자주 했던 말이 기억에 남는다.

"하루 딱 한 끼 먹는데 진짜 맛있는 걸 먹어야지! 딱 한 번 사는데 가장 좋은 거 봐야지!"

감탄사 같은 이 말을 들으면서 생각했다. 제일 좋은 곳에서 정말 맛있는 걸 먹을 때래야 가장 행복할까. 하지만 비우는 삶을 오해하면 비운 것에 최고의 것을 채워 넣어야 한다는 강박과 조바심이 생길 수 있다. 내 친구는 20년을 벼르고 별러 마침내 캐나다 옐로나이프에서 마주한 오로라를 보며 추위로 뿜어져 나오는 입김보다 더 큰 실망을 지울 수 없었다고 고백했다. 최고의 순간을 만끽하고 싶은 조바심이 몰입을 방해한 탓인지, 오로라가 생각만큼 황홀하거나 아름답지 않았다고 했다.

친구는 자신의 두 눈으로 직접 본 오로라보다 영상으로 본 오로라가 더 몽환적이라 황당했다고 고백했다. 하지만 턱이 아릴 정도로 추운 날, 고개를 치켜들고 한없이 오로라를 기다리며 마셨던 커피 맛 하나는 기가 막혔다고 기억했다. 그녀의 첫 번째 버킷 리스트였던 오로라 여행은 예상과 달리 오로라가 아닌 인생 최고의 커피를 마신 장소로 더 오래 기억됐다.

보리수 아래에서 단식하며 깨달음에 이른 부처님이 우리에게 전한 지혜는 행복해지는 것이 아니라 '고통에서 벗어나라는 것'이다. 구체적으로 말하면, 실망, 분노, 질투, 두려움 같은 삶의 부정성을 조금씩 제거하는 것으로 결국 긍정을 드러내라는 것이다. 비움을 너무 어렵게 생각할 필요는 없다. 영업 제한, 거리 제한, 인원 제한이 수시로 발생하던 지난 2~3년간 나는 휴대전화번호 리스트에서 70퍼센트 이상의 연락처를 삭제했다. 삭제의 기준은 3년간 한 번도 통화하지 않은 사람이다. 일종의 관계 제한이다. 일이 사라지면 그런 관계는 자연스레 소멸된다.

물론 오랜 기간 연락하지 않았지만 번호가 저장된 사람

들도 있다. 그들과의 관계는 떠남과 만남이 중요하지 않다. 그들은 그냥 그리운 사람들, 그저 돕고 싶은 사람, 전화가 오면 늘 반가울 사람들이다.

그렇게
우리는 그리움의 크기만큼 살아남는다.

———

언젠가 후배가 큰 깨달음을 얻은 듯 자신의 연애 실패사를 얘기한 적이 있다. 지금까지 선택이 정말 어려웠던 이유가 자신에게 선택지가 너무 많아서였다는 것이다. 수많은 SNS 친구를 두었던 그녀는 연애에서 자유와 가능성에 큰 가치를 두었다. 덕분에 늘 머지않아 더 나은 상대가 나타날지 모른다는 생각에 시달렸고, 좋은 상대가 있음에도 자꾸 결정을 미뤘다.

《선택의 조건》에는 다양한 선택에 관한 이야기가 가득한데, 흥미로운 건 연애를 하면 할수록, 상대를 바꿀수록 만족도는 점점 더 낮아진다고 한다. 심리학자 대니얼 길버트는 이런 현상을 우리가 하고자 하는 일이 바라던 일이 아니면 사람들이 재빨리 다른 일을 찾기 때문이라고 설명한다. 가령 맘에 안 드는 물품은 되돌려주고, 형편없는 음

식이 나오면 레스토랑을 나오고, 말이 거친 SNS 친구는 차단하는 식이다.[2]

"우리는 경험을 바꿀 기회가 없는 경우에만 기존 관점을 바꾼다."[3] 이 말은 당장 이혼할 수 없기에 배우자에게서 장점과 고마움을 찾아내고, 바로 교체할 수 없기에 낡은 아파트를 수리하고, 되돌릴 수 없기에 밤마다 엉엉 울고 집을 엉망으로 만드는 아이에게서 사랑스러움을 발견한다는 뜻이다.

회피하거나 되돌릴 수도 없을 때,
우리는 드디어 관점을 바꾸고
지금 일어난 일에서 좋은 점을 찾기 위해 노력한다.

한 차선만 있는 도로에서 차가 밀린다면 짜증이 나겠지만 후회가 생기지 않는다. 그러나 두 차선이 있는데 유독 내 차선만 막힌다면? 자신의 선택이 원망스러울 것이다. 여러 줄로 나뉜 붐비는 공항 검색대에서도 우리는 수시로 이런 경험을 한다.

선택 가능성이 무한히 열려 있다는 게 꼭 좋을까. 역설적이게도 선택지가 많아질수록 인간은 '내가 다른 걸 선택했더라면 어땠을까?'란 생각에 시달린다. 우리가 종종 뷔

폐식당의 다양한 음식보다 전문점에서 끓여낸 칼국수나 설렁탕 한 그릇을 좋아하는 것도 그런 이유다.

———

몇 년 전부터 나는 집 안에 쌓인 그릇들을 조금씩 정리하고 사용할 만큼의 그릇만 남겼다. 계절마다 사들여 수십 켤레가 넘는 양말도 대여섯 켤레만 남기고 정리했다. 그렇게 책 수백 권을 도서관에 기증하거나 원하는 친구들에게 나눠주었다. 미니멀리스트가 되기엔 모자란 전직 맥시멀리스트지만 나는 물건을 버려서 생긴 공간을 점점 더 좋아하게 됐다.

깊은 산속에서 하늘을 향해 사진을 찍으면 기묘한 경계로 이루어진 나뭇잎 사이로 하늘이 찍힌다. 숲속의 소나무, 녹나무 같은 나무들이 자라면서 꼭대기 부분이 상대에게 닿지 않는 현상인데 이를 수관 기피라고 한다. 수령이 비슷한 나무들은 자라며 옆 나무의 영역을 침범하지 않는다. 이른바 나무들 사이의 거리 두기인 셈이다. 식물학자들은 수관 기피를 공간을 겹치지 않게 확보해, 뿌리 끝까지 햇빛을 받아 동반 성장하기 위한 식물들의 생존 전략이라고 설명한다.

'코모레비こもれび'라는 일본어가 있다. '나뭇잎 사이로 스며드는 햇살'이란 뜻인데, 잎들 사이로 흩어지는 바람이 만든 햇살은 생각만으로도 눈부시게 아름답다. 우리는 모두 무엇인가의 '사이'와 '사이'의 틈새에서 살아간다. 인간이라는 단어도 한자로 표기하면, 사람 인人과 사이 간間을 쓴다. 좋은 관계를 '사이좋다'라고 표현하는 건 또 어떤가.

좋은 사이란
뜨겁게 가까운 거리도,
차갑게 먼 거리도 아니다.
서로가 36.5도의 따스함으로 존재할 수 있는 거리다.

우리는 그렇게 무수한 사이에 겨우 존재한다. 겨울과 봄 사이, 밤과 아침 사이, 아이와 어른 사이, 이해와 오해 사이 그리고 당신과 나 사이, 그 무수한 사이에서 말이다.

가지치기한 나무가 더 풍성히 자란다. 무수한 '사이'는 비우지 않으면 끝내 생기지 않는다. 필름 카메라 시절에는 모든 사진을 앨범에 간직했다. 하지만 요즘은 여행 사진을 찍으면 꼭 필요한 사진만 남기고 바로 지운다. 빈곤의 시대와 풍요의 시대는 가치 판단의 기준이 달라진다.

풍요의 시대에 모두를 소유하는 것은
결국 아무것도 소유하지 못하는 것이다.
비워야 채워진다.

5부

경청

말할 준비보다
들을 준비

대화만 하면 이상하게 피곤해지는 사람이 있다. 우리는 대화에서 공감이 중요하다고 배웠지만, 자신의 얘기를 하느라 상대의 말을 듣지 못하는 사람이 많다. 심리학에서는 이를 '전환반응'이라고 부르는데 모든 대화를 '나'로 전환해 자신의 얘기만 하는 것이다. 가령 "요즘 몸이 좀 안 좋아!"라고 말하는 친구에게 "나도 안 좋은데!"라고 말하거나, "새 운동화를 사야겠어!"라고 말하면 "내 운동화도 낡았는데!"라고 받아치는 식이다.

끊임없이 상대의 이야기를 자신의 스토리로 바꾸는 이런 식의 대화는 우리를 정말 지치게 한다. 그러면 좋은 대화는 무엇인가. 몸이 안 좋다고 말하는 친구에게 "너만 힘든 게 아니야!"라고 말하는 대신 "어디가 안 좋아?"라고 물으며 아픈 마음속으로 한 걸음 더 들어가는 것이다.

정신건강의학과 문턱이 높을 때, 유독 사람들이 점집을

많이 찾았던 것 역시 꼭 그럴듯한 해결책을 찾기 위해서가 아니다. 점쟁이야말로 찾아온 손님의 한숨, 불안한 눈빛과 몸짓까지, 내 말과 행동에 온 신경을 집중하기 때문이다. 사람들은 답답한 마음을 털어놓는 것만으로도 위로받는다. 그러므로 대화 중 잘못된 정보가 있다고 해도 중간에 끼어들지 말고 끝까지 들어야 한다.

미국의 시인 마야 엔젤루는 "사람들은 당신이 한 말을 잊고, 당신이 한 행동을 잊지만 당신이 어떤 기분을 느끼게 했는지는 절대 잊지 않는다"란 말을 남겼다. 대화에서 내가 어떤 말을 했는지는 생각보다 중요하지 않다. 중요한 건 상대가 내가 한 어떤 말을 기억하는가이다. 그래서 늘 징징대는 사람은 정작 타인의 울음은 듣지 못한다. 자신의 내부가 너무 시끄러우면 타인의 목소리가 묻히기 때문이다.

몇 년 전 라디오 상담 프로그램을 진행할 때, 심리 상담을 하는 지인에게 "힘들어하는 사람들에게 뭐라고 말해줘요?"라고 질문한 적이 있다. 나로선 전문가의 조언이 절실했지만 "중간에 말을 끊지 않고, 끝까지 잘 들어줘요"라는 게 답변의 전부였다. 누군가 자신의 말을 잘 들어주는 것에서 위로와 공감이 시작된다는 말이었다. 상담을 하면 답을 얻어야 한다는 일반인들의 생각과는 결이 다른 이야기였다.

상담 한두 번으로 해답을 얻는 매직은 현실에서는 찾기 힘들다. 답 대부분은 이미 내담자 자신이 가장 많이 고민하고 잘 알고 있기 때문이다. 그는 내게 상담의 출발은 '귀 기울여 듣는 것'이라고 했다.

말주변이나 유머 감각도 별로 뛰어나지 않고 특별히 똑똑하지도 않은데 유독 인기가 많은 사람이 있다. 그에게는 늘 함께하자는 연락이 끊이지 않았다. 생각해보니 그는 참 잘 듣는 사람이었고, 상대의 입장에서 말하고 행동하는 사람이었다. 잘 듣는 것만으로 이미 충분한 매력 자본을 축적한 것이다. 야마네 히로시의 《HEAR 히어》에는 "이야기를 듣는 목적은 상대를 평가하는 것이 아니라 수용하고 공감하는 것"[1]이라는 문장이 있다.

'듣다'를 뜻하는 영어 'hear[hiər]'와
같은 발음인 'here[hiər]'는 '여기'라는 뜻을 가진다.
누군가의 아픔을 듣고 공감하려면
여기에 머물러야 한다는 것 같아 신기했다.

관계를 표현하는 재밌는 단어가 더 있다. 영어 'close'는 가깝거나 친밀함을 뜻하지만 '문을 닫다' '종료하다'란 뜻도 있다.

잘 듣기 위해서는 가까이close 가야 하지만
너무 가까이 다가가면
좋은 관계가 종료close되는 것이다.

　상대가 부담을 느낄 정도로 너무 가까이 다가서지 않고, 차가울 정도로 너무 멀리 떨어지지도 않는 적당한 거리를 유지하는 것. 그것이 좋은 관계의 핵심이다. 나이 예순 살은 공자가 말한 '귀가 순해진다'란 뜻의 '이순耳順'이다. 귀가 순해진다는 건 무슨 의미인지 고민하다가, 상대의 말을 끊지 않고 자신에게 오는 말을 공감하고 경청하는 능력 아닐까 생각했다.

———

　작가가 된 후 사람들에게 가장 많이 듣는 비슷한 질문이 있다. "어떻게 하면 잘 쓰는가!"와 "어떻게 글을 써야 할지 모르겠다!"다. 이 질문을 들을 때마다 나는 이렇게 대답한다.

"글을 잘 쓰는 지름길은 잘 듣기다.
집중해서 들은 것을 쓰다 보면
점점 들리지 않던 것이 들리는 순간이 생긴다.
쓰고 있는 글의 인물들이 내게 말을 건다.

내가 쓴 글 대부분은 그때 내가 귀 기울인 것이다."

경청은 글쓰기 방법론 중 첫 챕터에 들어갈 만한 기술이다. 특히 펜을 쥐면 머릿속이 하얘지면서 아무것도 쓰지 못하겠다고 말하는 사람에게 나는 일단 하고 싶은 말을 녹음하라고 조언한다. 5분이든 30분이든 하고 싶은 이야기를 녹음해서 직접 들어보면 어색하긴 하지만 말이 글이 될 수 있다는 사실을 깨닫는다.

자신의 목소리를 녹취한 음성 파일을 들으며 글로 풀어 적는 경험은 좋은 작문 연습이다. 이렇게 하면 자신이 평소 어떤 형용사와 부사, 조사를 쓰는지, 주어를 생략하는지 아닌지, 문장의 끝을 어떻게 맺는지 파악할 수 있기 때문이다.

자신이 옳다고 믿는 것과
실제로 옳은 것은 다르다.

나는 요가를 배우며 이 차이를 분명히 알게 됐는데 요가 선생님의 충고대로 셀프 촬영하며 본 내 동작은 정렬되어 있지 않고, 늘 왼쪽으로 7~8도쯤 기울어져 있었다. 내가 바르다고 생각한 자세와 실제 정자세 사이에 명확한 차이가 있었다. 녹취한 후 자신의 목소리를 글로 옮기는 작업 역시 이와 비슷하다.

녹취한 자신의 목소리를 들으며 받아 적다가 뜻밖의 사실을 알기도 한다. 한 독자는 녹취를 풀며 자신의 목소리를 받아 적다 보니 평소 자신이 문장을 제대로 끝맺지 않는 버릇이 있다는 걸 발견했다. 문장을 흐지부지 끝맺는 습관이 다른 사람에게 불분명하고 우유부단한 사람이라는 인상을 줬을 거라는 말이었다. 그녀는 이런 방식으로 글 쓰는 연습을 하다가 30년 만에 말하는 습관을 교정했다.

글을 쓰기 위한 녹취의 주요 기능은
말하기가 아니라 다시 듣기다.

살면서 한 번 내뱉은 말은 다시 되돌릴 수 없다. 하지만 녹취 후 청취는 많은 것을 돌이킨다. 외출 전 거울을 보며 향수를 뿌리고 옷매무새를 다시 한번 가다듬는 것처럼 말이다. 인생을 두 번 살 수 있다면 어떤 일이 벌어질까. 적어도 같은 실수를 저지를 확률이 줄어들 것이다. 비문과 오타를 수정하면 글이 더 명료하고 정갈해지는 이치이자 글 잘 쓰는 지름길이 경청인 이유다.

한 마케팅 전문가와 급작스레 대화를 나눈 적이 있다. 여러 번 제안을 거절했기 때문에 다소 불편한 자리였다. 게다가 그날따라 유독 카페에 사람이 많아 주변은 어수선했다. 하지만 우리의 대화는 자연스럽게 흘러갔고 결국 다음 약속 날짜를 잡을 수 있었다. 그날 대화에는 다른 점이 있었다. 나는 마케팅 전문가가 대화를 시작하기 전 스마트폰 스위치를 무음 모드로 바꾸고 가방 안에 넣는 것을 보았다. 그녀의 행동은 여러 번 해본 듯 자연스러웠다. 지금까지 수없이 많은 사람을 만났어도 이런 행동은 처음 목격했다. 내가 생각하기에 이 명민한 마케팅 전문가는 자신의 행동이 상대를 얼마나 존중하고 중요하게 생각하는지 보여준다는 걸 꿰뚫고 있었다.

살면서 말할 준비가 돼 있는 사람은 꽤 여럿 봤다. 말할 타이밍을 노리느라 상대의 말을 흘려듣는 사람은 더 자주 봤다. 하지만 나는 이토록 들을 준비가 철저히 돼 있는 사람을 본 적이 없다. 대화 중 그녀는 한 번도 스마트폰에 신경 쓰지 않았다. 대신 내 눈을 바라보고 자주 고개를 끄덕였다. 기억을 보강할 노트나 펜조차 없었지만(어쩌면 그런 것들이 없었기 때문에!) 탁구공을 받아치듯 정확한 시점에 질문했다. 질문의 밀도 역시 그녀가 얼마나 내 얘기에 집중했는지를 보여주었다. 닫힌 내 마음의 빗장은 속수무책으로 열렸다.

《아티스트 웨이, 마음의 소리를 듣는 시간》을 쓴 줄리아 캐머런은 '의식적 듣기'가 잘 듣는 법의 핵심이라고 말한다. 그녀는 듣기가 결코 수동적 행위가 아니라는 걸 강조하면서 의식적인 듣기를 "몸을 굽혀 언제든 날아오는 공을 잡아낼 준비가 된 야구 선수"[2]에 비유한다. 나 역시 라디오 DJ로 청취자와 만나면서 '귀를 기울이면'이란 말의 의미를 몸으로 습득했다. 볼 수도, 만질 수도 없는 상대의 의중을 오직 '듣기'로 파악하는 일이 DJ가 하는 거의 모든 일이라는 걸 깨달았다.

귀를 기울일 때 비로소 우리가 얻게 되는 선물은 '들리는 것'이다. 간간이 이어지는 숨소리와 메마른 어조, 낮은 톤과 습기 많은 한숨을 통해 누군가의 아픔이, 외로움과 절망이 들린다. 들리게 된 사람은 살아 있는 것들의 사소한 행위에서 행간을 읽는다. 들리지 않던 것이 들리는 마법은 결국 듣고자 하는 마음에서 비롯된다. 그저 친구의 말을 듣기만 했을 뿐인데 대화가 끝날 무렵 "오늘 조언 고마워. 정말 많은 도움이 됐어!"라는 말을 들어본 적이 있는가. 말 한마디 없이 그저 친구의 눈을 바라보고, 고개를 끄덕이고, 친구가 울 때 손을 잡은 게 다였는데도 말이다.

모든 대화에는 보이지 않는 '제3의 청자'가 등장한다. 그것이 침묵이다. 침묵에는 귀가 있을까. 듣고자 하는 마음이 간절해지면 결국 침묵에 깃든 마음까지도 듣게 된다. 침묵이 가장 아름다운 소리가 되어 내 옆에 앉을 때, 우리는 내면에서 도착한 가장 소중한 목소리와 마주한다.

세상의 시끄러운 소음에 파묻혀 들리지 않던 내 목소리, 그때부터 나의 진짜 이야기를 듣게 된다.

6부 휴식

죄책감 없이
잘 쉬는 해방감

호텔에 준비된 "Do not disturb" 팻말을 좋아한다. 숨어 있기 좋은 방을 얻어 "Do not disturb"를 걸면 시끄러웠던 내 삶에 거대한 노이즈 캔슬링 헤드폰을 씌운 기분이 든다. 뜨거운 욕조 안에 거품을 잔뜩 풀고, 젖은 손가락으로 조심스레 좋아하는 책의 책장을 찍어 넘기는 순간이 내겐 여행 최고의 사치다.

　새와 거북이만 있던 세이셸공화국의 버드 아일랜드는 전화기를 사용하는 것 자체가 불가능해서 새소리를 친구 삼아 종일 책을 읽었다. 그곳에서 읽었던 잭 런던과 퍼트리샤 하이스미스의 모든 문장에는 그때의 새 울음소리가 입국 도장처럼 각인돼 있다. 음식, 숙소, 바다, 수다스러운 새와 느긋한 거북이까지 모든 게 완벽했다.

　당신은 언제 쉬었는가?

주말 혹은 하루 연차를 내고 '쉬었다'란 사실을 묻는 게 아니다. '푹 쉬었다'란 충만한 느낌과 함께 재충전의 기분을 만끽한 게 언제냐는 질문이다.

누구도 쉽게 답하지 못하는 이 질문에 쉬지 못하는 우리의 상태가 압축돼 있다. 간만의 연차 동안 밀린 집안일과 은행 업무, 치과 치료를 해결한 후, 등록 후 몇 번 가지 않은 필라테스 수업에 다녀와 온몸이 욱신대는 채로 휴일이 지나가는 게 아쉬워 맥주 캔을 따고, 넷플릭스에 접속해 드라마를 보다가 곯아떨어졌다면? 연차 끝의 출근이 오히려 더 피곤할 것이다.

우리가 노동의 기본이라 생각하는 '주 5일, 여덟 시간 근무'는 1926년 미국의 자동차 회사 포드의 창시자 헨리 포드가 만들었다. 하지만 급격한 환경 변화에도 우리는 아직 100년 전 기준을 넘어서지 못했고, 오히려 휴식은 노동의 강도에 비해 질적으로 퇴보 중이다. 무엇보다 휴대전화는 휴식을 방해하는 수준을 넘어서 우리를 '365일 대기 중'으로 만들었다.

심지어 우리는 쉴 때조차 바쁘다. 예쁜 카페나 맛집에서 쉬는 모습을 찍고 친구나 구독자의 반응을 확인해야 하기 때문이다. 이런 현상은 휴식에 대한 우리의 무능 때문일까.

그렇지 않다. 이 세계는 점점 더 우리가 쉴 수 없게 설계되고 있다.

———

부모에게는 아이를 당장 고통스럽게 할 비장의 무기가 있다. 스마트폰을 눈앞에서 빼앗는 것이다. 아이는 무슨 짓을 해서라도 스마트폰을 되찾기 위해 부모와 타협하려 들 것이다. 친구와 카톡하기 위해, 게임하기 위해, 새로 올라온 유튜버의 동영상을 시청하기 위해서 말이다. 최근 우리를 가장 피곤하게 만드는 건 손에 쥔 이 애증의 스마트폰이다.

수많은 무료 플랫폼들은 우리의 관심과 집중력을 먹고 자란다. 홀린 듯 기사와 광고, 동영상을 클릭하다 보면 뭉텅뭉텅 시간이 사라지고, 급격한 눈의 피로와 함께 휴식할 시간은 어느새 사라진다. 미래의 어느 날, 석유나 금, 곡물처럼 인간의 주의력이 증권의 선물시장에서 거래되는 디스토피아 신세계가 올 수 있다는 학자들의 암울한 경고는 무엇을 의미할까.[1]

우리는 '체류 시간 = 돈'이 되는 관심 경제 속에 산다.

구글맵이 공짜인 이유는 우리가 매일 가는 곳의 위치와 정보를 그들에게 무료로 제공하고 있기 때문이다. 페이스북과 유튜브는 우리가 무심코 흘린 과자 부스러기나 머리카락 같은 흔적까지 수집해 광고주들에게 팔 정보를 가공한다. 이것이 그들의 사업모델이며 막대한 수익 구조다.

이 프레임 안에 들어온 이상, 많은 사람은 조회수, 좋아요, 댓글, 구독자수로 스스로를 평가한다. 하지만 이 네 가지 요소는 언제 어떻게 숫자가 바뀔지 예측이 전혀 불가능하다는 공통점이 있다. SNS의 이런 패턴 없는 무작위적 보상은 예측 가능한 보상에 비해 더 많은 도파민을 만든다. 우리가 SNS에 쉽게 중독되는 이유도 SNS의 이런 예측 불가능한 보상 시스템 때문이다. 도파민에 지배되면 불안을 낮추고 안정과 소속감을 주는 옥시토신과는 점점 거리가 멀어지는 것이다.

우리가 나쁜 남자, 나쁜 여자에 끌리는 이유는 무엇일까. 어떤 날은 천국처럼 달콤하고 어떤 때는 북극해처럼 차가운 내 연인이 어디로 튈지 예상할 수 없기 때문이다. 이때 우리의 뇌는 '자신만의 예측 시나리오(작화증)'를 만드느라 쉬지 못한 채 안절부절 그들의 패턴대로 끌려다니기 시작한다. 인간의 뇌는 통제를 좋아하고, 예측 불가능성을 극도로 싫어한다. 결과가 눈앞에 있다면 우리의 뇌는 원인을 찾아 3만리를 떠나도록 설계돼 있다.

이때 뇌가 던지는 첫 질문은 "이 사람은 왜 이렇게 행동할까?"다. "왜? 어째서 이럴까? 기분이 나빠서? 친구와 싸워서? 내 행동이 영 못마땅해서? 하긴 그 사람은 예전에도 나를 늘 무시하는 것 같았는데……." 뇌는 원인을 찾기 위해 끝없이 이야기를 지어내고 우리는 반추의 늪에 빠진다. 나쁜 부모나 최악의 애인이 자신의 아이나 연인을 길들이기 위해 저지르는 최악의 행동은 그러므로 절대 일관된 애정을 주지 않는 것이다.

예측 불가능성이야말로
중독과 불안의 첫 번째 조건이다.
이런 조건에서
안정적 애착이나 정서적 휴식은 결코 찾아오지 않는다.
SNS는 우리에게 단 한 번도 착한 애인이었던 적이 없다.

———

주식 투자와 경제 공부를 열심히 하던 친구에게 "미수금 발생. 익영업일 반대매매 및 연체이자 등 불이익이 없도록 계좌 확인 및 조치 부탁드립니다"라는 증권사 문자가 도착했다. 처음에는 당연히 피싱 문자로 치부했다. 하지만 마음이 영 찜찜했던 친구는 직접 주거래 증권사에 가서 정황을 확인했다.

문제는 그녀의 홈 트레이딩 시스템HTS, Home Trading System 디폴트 세팅이었다. 증권 계좌에 있는 현금보다 훨씬 많은 주식을 미수금으로 살 수 있게 기본값이 설정된 것이다. 이렇게 그녀는 자신도 모르는 사이 본인이 가진 현금보다 훨씬 더 많은 주식을 외상으로 거래했다.

디폴트 세팅은 미리 지정된 옵션이라 사용자가 설정을 일부러 바꾸지 않으면 자동으로 적용된다. 디폴트는 주식 계좌뿐 아니라 우리 삶의 많은 곳에 스며 있다. 처음 스마트폰이나 전자 기기를 사면 앱 알림이 '울림'으로 설정된 게 대표적이다. 디폴트를 내 의지로 재설정하지 않으면 우리는 소음 같은 정보에 자주 노출돼 집중력을 잃고, 개인 정보를 너무 많이 노출하게 되며, 생각보다 훨씬 더 많은 돈을 지출하게 된다. 각종 플랫폼과 구독 서비스, 전자 제품의 각종 알림 설정은 '오염된 시간'이라 부르는 집중력 저하의 대표적 원인이다.

인생을 가장 효과적으로 바꾸는 방법은 사표나 긴 여행, 내면 상담 같은 거창한 것이 아니다. 중요한 건 당장 할 수 있는 사소한 것을 자신의 의지대로 바꾸는 것이다. 내 삶의 숨은 디폴트는 무엇인가. 한 번도 써본 적 없는 미수금 문자를 받은 내 친구의 경우처럼 디폴트 세팅은 고객인 나의 이익이 아닌 사업자인 타인의 이익을 위해 개발되거나 설정된 경우가 대부분이다.

우리가 IT 기업이나 플랫폼에 일방적으로 유리하게 설계된 세계에서 벗어나는 길은 자동 재생, 자동 추천, 연속 재생 같은 기능을 최대한 쓰지 않는 것이다. 당장 SNS와 스마트폰에서 ON으로 되어 있는 수많은 알림과 정보 공개를 OFF로 바꾸는 것만으로도 복잡한 삶이 한결 가벼워질 수 있다. 배의 키를 1도나 2도만 바꿔도 최종 목적지는 처음과 엄청나게 달라진다.

디폴트 모드로 살면
나의 생각대로가 아니라
결국 타인의 생각대로 살게 된다.

———

번아웃은 언제부터 우리 시대의 디폴트값이 됐을까.

2019년 〈밀레니얼은 어쩌다 번아웃이 되었는가!〉라는 제목의 〈버즈피드〉(미국 온라인 매체)의 기사가 화제로 떠올랐다. 1,000만 회가 넘는 폭발적 조회수가 보여주듯 언젠가부터 '바쁨'은 '잘 나감'과 동의어가 됐다. 사람들의 SNS에는 언제부터 쉼 없는 바쁨의 풍경이 넘쳐났을까.

많은 학자는 그 이론적 근거를 막스 베버의 '프로테스탄트의 직업 윤리'에서 찾는다. 베버에 따르면 자본주의의 부상은 프로테스탄티즘과 불가분의 관계에 있다. 단순한 일을 '직업'에서 '소명'으로 격상시켰기 때문이다. 결과적으로 칼뱅주의 청교도들의 성실하고 절제된 삶과 직업적 소명의식은 막대한 부를 가져왔다. 그리고 이것이 자본주의의 초석이 됐다. 이들이 종교적 믿음 아래 나태함과 게으름을 혐오했다는 점은 중요하다. 그들은 성실 그 자체를 보상으로 여겼고 그것을 내면화했다. 그렇게 바쁨과 성실은 점점 성공의 징표가 됐다.[2]

하지만 조금만 시간을 거슬러 올라가도 그 옛날 바쁜 삶은 성공과 거리가 먼 노예의 삶이었다. 산책이나 독서, 사유는 언제나 귀족들의 일이었고, 이들은 시키기 대장으로 가사나 온갖 잡무는 전적으로 집 안의 노예들이 해결했다. 변호사, 의사, 엔지니어 같은 소위 엘리트들이 몇 날 며칠을 회사에서 야근하며 김밥이나 샌드위치로 끼니를 때우고 주 80시간 이상을 일하게 된 건 최근의 일이라는 뜻이다.

쉬는 기술이 망라된 책《잘 쉬는 기술》에는 휴식을 "깨어 있는 동안 우리가 하는 한가하고 편안한 활동 전체"[3]로 정의한다. 그녀는 잠은 휴식이 아니며 축구나 달리기, 마라톤처럼 격한 운동이 휴식일 수도 있다고 말한다. 이 책은 BBC 라디오 프로그램을 통해 135개국 1만 8,000여 명의 참가로 이루어진 '휴식 테스트Rest Test' 조사 결과를 소개하는데, BBC는 우리에게 확실히 쉰다는 느낌을 주는 열 가지 활동을 발표했다. 여기에 온라인이나 SNS 활동은 상위권에 하나도 없다. 상위 5위까지 활동이 모두 혼자서 하는 휴식이라는 점도 흥미롭다.[4]

우리는 휴식의 정의가 조금씩 바뀌었다는 점에 주목해야 한다. 휴식을 멋진 여행지나 맛집, 신상 카페에서 인스타그램에 게시할 사진을 찍거나, 종일 침대에 누워 순위권에 있는 넷플릭스 드라마를 보는 것이라고 생각하는 사람들이 많다. 하지만 휴식을 이렇게 정의하면 다른 사람들과의 상향식 비교를 피할 수 없게 된다. 남들보다 더 예쁜 사진을 찍기 위해 더 좋은 곳에 가야 마음이 충족되고, 친구나 동료가 본 드라마를 보지 못하면 대화에서 소외된 느낌이 든다.

실제 그 장소에 온전히 존재하지 못하고 스마트폰 프레임 안에 내가 존재하게 되면서 우리는 중요한 감각을 강탈당한다. 남는 사진이 없으면 그곳에 가지 않은 거나 마찬가지라고 말하는 내 중학생 조카처럼 말이다. 이런 부작용을 해결하기 위해 경험의 '양'에서 벗어나 '질'에 집중하기를 제안하고 싶다. 남는 건 사진뿐이라는 생각 때문에 사진부터 찍는 습관을 의식적으로 내려놓는 것이다.

단언컨대 지금처럼 무작정 찍다 보면 나중에는 그 사진들이 어디에 있는지조차 기억할 수 없게 된다. 무엇보다 사진이나 동영상을 찍느라 눈앞에 있는 풍경과 음식을 즐기지 못하는 경우도 많다. 내가 아는 한 시인은 사진을 찍는 대신 녹음을 한다. 숲속의 바람 소리, 바다의 파도 소리, 저벅저벅 돌길을 걷는 소리를. 시간이 흐른 후 들으면 충만했던 그 느낌을 상상할 수 있어 기억이 한층 오래간다는 것이다.

또 다른 제안은 휴식을 철저히 '회복'의 관점에서 바라보는 것이다. 이 방법을 가장 잘 활용한 직종의 사람은 스포츠 선수들이다. 마이클 조던, 타이거 우즈, 손흥민 같은 선수들은 휴식을 회복이라고 재정의한다. 경기에서 소진된 몸을 제대로 회복해야 슈팅이나 골 컨트롤의 정확도를 높여 다음 경기에 대응할 수 있기 때문이다.

세계적 코치들 사이에는 휴식과 회복에 대한 수학적 원칙이 있다. 가령 골 정확도를 9퍼센트 높이기 위해 열 시간 수면이 기본이라든가, 올림픽 같은 중요한 시합에서 시차가 일곱 시간 있는 유럽에 갔다면 최소 일주일 전에 출발해 선수들의 컨디션 회복을 돕는 식이다. 시차 한 시간을 이겨내려면 하루가 걸리기 때문이다.[5] 스마트폰, 술, 담배, 게임까지 각종 중독 증세에 시달리는 피곤에 찌든 현대인들에게 '휴식=회복'이라는 새로운 관점은 꽤 유용하다.

사람마다 선호하는 휴식법은 다르다. 내 경우 아직까지 아무것도 하지 않는 건 머릿속이 되레 복잡해져서 몸을 움직여 같은 동작을 반복하는 휴식을 선호한다. 세네카나 아우렐리우스처럼 스토아학파의 고전을 펜으로 필사하거나, 노랫말 없는 재즈를 들으며 컬러링북에 색칠하는 식이다. 가끔 찬장에서 먼지 쌓인 그릇을 일부러 모아 한꺼번에 설거지하거나, 덥수룩한 강아지 털을 깨끗하게 정리하는 동영상을 보기도 한다.

가장 자주 하는 건 계절마다 바뀌는 나무와 꽃을 보며 공원을 산책하는 것이다. 특히 마음이 지쳤을 때, 산책의 환기 효과는 잘 알려져 있다. 최초의 직업 철학자라 불리는 임마누엘 칸트는 시계처럼 매일 정확히 똑같은 시간에 산책을 나섰다. 독일 하이델베르크에는 그가 걷던 루트인 '철학자의 길'이 있다. 영국의 생물학자 찰스 다윈도 산책광이었다. 프리드리히 니체는 모든 위대한 사유는 산책에 의해 탄생한다고 주장했다.《월든》의 저자 헨리 소로는 하루에 최소 네 시간 이상 산책했다. 리베카 솔닛은《걷기의 인문학》에서 아리스토텔레스가 어째서 걸어 다니면서 학생들을 가르쳤는지, 그들에게 왜 '소요학파'라는 별명이 붙었는지 설명한다.

산책은 친교에도 효과적이다. 누군가와 나란히 걸으면 무의식적으로 걷는 이와 보폭을 맞추게 된다. 이런 심리적 동조화가 협상을 수월하게 만든다는 이론도 있다. 처음 보는 남녀라도 마주볼 때보다 나란히 앞을 보며 걸을 때 더 원활히 대화할 수 있다. 이런 이유로 과거 스티브 잡스는 자신의 아이디어를 관철하려고 자주 걷는 회의를 고집했다.

BBC의 '휴식 테스트'에서 확실하게 쉰다는 느낌을 주는 활동 5위는 산책이었다. 음악 듣기가 4위, 혼자 있는 시간이 3위에 랭크됐다. 이 모든 것을 종합하면 최고에 근접한 휴식이란 '좋아하는 음악을 들으며 혼자 동네 숲이나 공원을 산책하는 것'으로 요약할 수 있다. 이 밖에도 사람들은 목욕과 잡념에 빠지기를 좋은 휴식으로 손꼽았다. 그렇다면 135개국 1만 8,000여 명이 꼽은 휴식 1위는 무엇일까? 놀랍게도 독서였다.[6]

어떻게 독서가 많은 사람이 꼽은 1위 휴식법이 됐을까. 저자는 잠자기 전에 독서를 했다고 말한 사람들의 39퍼센트가 실제 숙면을 취한다는 연구 결과를 소개한다. 독서후 책을 내려놓으면 활성화 수준이 떨어지고 이것이 잠에 빠져드는 데 큰 도움이 된다. 따스한 목욕을 하면 심부 체온이 1도가량 떨어지면서 쉽게 잠드는 것과 같은 이치다. 독서는 수면 위생(침대나 베개를 깨끗하게 하라는 의미가 아니라 전화나 텔레비전을 끄거나, 침실 온도를 20도 이하로 낮추는 등 수면을 위한 좋은 환경)을 강조하는 수면 전문가들이 추천하는 최고의 방법이다.

누구나 책 읽는 속도를 마음대로 조절할 수 있다는 것도 독서가 휴식이 되는 중요한 이유다. 특히 사람들은 책을 읽으며 '딴생각'을 많이 한다. 특정 명사에 꽂혀서 이번 휴가를 어디로 가볼까 뜬금없는 계획을 세우기도 하고, 연애를 묘사한 장면에선 미래의 내 연인이 어떤 모습일지 상상에 빠져들기도 한다. 심지어 이런 온갖 생각에 몇십 분 동안 같은 페이지만 반복해서 읽는 경우도 허다하다.

이것이 독서가 정신의 여행이 되는 이유다.
독서는 앉은 자리에서 가장 멀리 떠나는 여행이다.

언젠가 열한 살 조카는 문장에 손을 대도 확대나 클릭이 되지 않는 종이책이 불편하고 갑갑하다고 호소했다. 커튼이 쳐진 방 안에 갇혀 있는 느낌이라는 것이다. 듣고 보니 이해할 만했다. 하지만 역설적으로 이것이 책 읽는 행위가 사람들에게 큰 휴식과 위로를 주는 이유다.

책에는 '끝'이라는 마침표가 찍혀 있다.
독서가 끝나면 우리는 책을 덮는다.
완벽히 문이 닫힌 것이다.
종일 여러 개의 창을 한꺼번에 열어둔 채 쓰는 노트북과 책의 물성은 다르다.

인터넷 검색을 하거나 유튜브, 넷플릭스를 본 후 완결성을 느끼며 뿌듯한 마음으로 하루를 마무리하기는 쉽지 않다. 아직 보지 않은 드라마 시리즈나 끝나지 않을 정보들이 계속 쏟아지기 때문이다. 검색과 독서의 본질적인 차이가 여기에 있다. 이것이 인터넷 서핑이 결코 휴식을 가져다주지 않는 이유다. 온종일 검색해도 내일이면 최저가, 초특가 유럽행 티켓은 언제든 등장한다. 마치 폭설과 폭우가 빗발치는 풍경 속, 영원히 닫히지 않는 창문을 바라보는 느낌이다. 그에 비해 책은 닫힌 세계다. 한 권의 책은 그것으로 완결된다. 책에는 끝없이 우리의 주의력을 분산시키는 무한 스크롤이 존재하지 않는다. 모든 것이 열려 있는 가능성의 세계에서 문이 닫히는 엔딩은 엄청난 심리적 보상일 수밖에 없다.

우리는 왜 책을 읽거나, 멍하니 하늘을 보거나, 그림이나 영화를 볼 때, 일이 아니라 휴식을 한다고 느낄까. 정신건강의학과 전문의 윤대현 교수의 말이 떠오른다. 우리 마음이 휴식을 위해 할 수 있는 중요한 일 중 하나가 '투사', 즉 '프로젝션Projection'이다. 투사는 나를 내 마음에서 분리해 다른 곳으로 쏘는 행위다. 책을 볼 때 우리는 책 속 등장인물의 극한 상황과 비극에 몰입하며 나만 힘든 건 아니라는 걸 느낀다. 한 발짝 물러난 거리에서 자신의 상황을 바라보기 때문에 시간적 여유를 갖게 된다. 그것만으로도 소진된 마음은 충전되기 시작한다.

이런 투사 효과는 글쓰기를 할 때 더 선명하게 드러난다. 나는 마음이 힘들거나 이유 없이 불안할 때 종종 1인칭 주인공 시점인 '나'가 아닌 '그녀' 혹은 '백영옥 씨'로 시작하는 3인칭 관찰자 시점의 일기를 쓴다. 그리고 아직까지 이 방법보다 내 분노나 두려움을 즉각적으로 가라앉히는 데 도움을 주는 방법을 찾지 못했다. 이런 반강제적이고 즉각적 '시점 전환'은 이전에는 발견하지 못한 높이와 깊이를 만든다. 울창한 숲에서 길을 잃었을 때, 높은 곳에 올라가 조망할 수 있다면 비로소 나무와 나무 사이의 관계를 알아채고 길을 찾을 수 있는 것처럼 말이다.

―

　사람들은 빠르게 변하는 세상을 따라잡으려고 수면 시간부터 줄인다. 마거릿 대처나 로널드 레이건, 윈스턴 처칠 같은 인물이 하루 네다섯 시간만 자고도 많은 일을 했다는 건 널리 알려졌다. 이들 모두가 낮잠러에 시간 관리의 달인이었지만 말년에 모두 치매에 걸렸다는 건 우연이 아니다.

　만약 청소부나 관리인이 사무실을 치우지 않는다면 아침 사무실 풍경은 어떨까. 교체하지 않은 전구는 여기저기 깜빡이고, 화장실 휴지통마다 쓰레기가 넘칠 것이다. 수면은 뇌에 쌓이는 온갖 오물을 치우는 청소부다(수면은 단기 기억을 강화해 장기 기억으로 만드는 임무도 수행한다). 청소부가 밤새 사무실을 청소하고 리셋하지 않으면 상쾌한 아침은 물 건너간다. 고도의 주의력을 요하는 중요한 일에 실수를 거듭하는 건 수면 부족과 연관이 깊다.

　2016년 OECD 통계에 의하면 한국인의 평균 수면 시간은 7시간 41분으로 회원국 평균인 8시간 22분보다 41분이 부족한 꼴찌다. 상황은 더 악화되어 필립스의 2021년 조사에 따르면 한국인의 평일 평균 수면 시간은 6시간 42분이다. 자사의 경쟁 상대를 '인간의 수면 시간'이라고 꼽은 넷플릭스 창업주 리드 헤이스팅스가 들으면 쌍수 들고 환호할 만한 수치다. 수면 박탈은 유튜브나 페이스북 같은 IT 기업의 핵심 수익 모델이다. 개인적으로 수면 부족의 심각성을 인식하는 사람이 적은 게 안타깝다. 잠을 낭비가 아닌 투자로 보는 관점 전환이 필요하다. 여기에 심리학의 지혜를 빌려 휴식에 대해 기억해야 할 한 가지가 더 있다.

휴식의 강도보다 빈도가 더 중요하다는 것.
심리학에서 행복이
강도가 아닌 빈도라고 말하는 것과 같다.

휴대전화를 일주일 충전한다고 해서 한 달 동안 쓸 수는 없다. 하루에 밥 스무 끼를 먹는다고 20일을 굶을 수는 없다. 한 달을 쉬고 열한 달을 휴식 없이 일한다면 어떤 일이 벌어질까.

행복에 '평균값'이 존재하듯 경험의 좋음과 나쁨에 상관없이 모든 경험에는 '습관화'라는 함정이 있다.[7] 익숙해지면 무감해지는 것이다. 한 달의 휴가를 통째로 쓰는 건 심리상의 불이익이 크다. 2주가 지나고 3주가 지나면 우리 뇌의 습관화 때문에 휴식의 보상이 낮아지기 때문이다. 하지만 휴가를 일주일씩 4회에 나눠 사용하면 어떨까. 피크의 기쁨을 적어도 4회 이상 더 느낄 수 있다.

하루에 10분, 15분씩이라도 나를 위해 의식적으로 쉬자. 점심 식사 후 인근 공원에서 매일 15분 걷기를 실천한 사람들의 행복지수가 통 휴가를 쓴 그룹보다 높았다는 통계가 말하듯 자주 쉬는 건 생각보다 더 중요하다. 이쯤 되면 어째서 미국이나 유럽의 많은 국가가 월급보다 주급을 선호하는지 이해할 법하다. 조삼모사처럼 느껴지겠지만 인간의 뇌는 단순하다.

한 달에 한 번보다
네 번에 걸쳐 주급을 받으면
네 번 더 기쁘다.

휴식에서 한 가지 더 기억해야 할 건 멈춤의 '강제성'이다. 유대인의 '안식일'이나 이슬람의 '라마단'은 그런 의미에서 현자의 지혜라 할 법하다. 일주일에 하루를 일하지 않고 오로지 쉬는 것, 해가 떠 있는 동안 어떤 음식도 먹지 않는 것. 이 두 가지는 모두 엄격한 종교적 강제성을 띤다. 반드시 지켜야 하는 신과의 약속이다. 이 강제 조항이 역설적으로 사람들에게 휴식의 리듬을 만들어준다. 그렇다면 '디지털 안식일(휴대전화 OFF의 날)'도 생각해볼 수 있지 않을까. 일방적 의존 관계인 휴대전화와 새로운 관계를 설정해보는 것이다.

―

얼마 전 후배와 통화하다가 MZ세대의 번아웃에 대한 힌트를 얻었다. 그녀는 새로운 남자 친구를 찾는 일도, 이직하는 일에도 모두 지쳤다고 했다. 심지어 '나만 없으면 어떻게 하지'라는 '포모FOMO, Fear of Missing Out' 증후군에 떠밀려 산 주식 가격이 끝도 없이 떨어져 멘붕이라고 했다. 주식, 코인, 부동산 같은 소위 대세 열광은 포모 증후군의 연료다. 말 중간에도 한숨이 가득한 그녀에게 나는 조심스레 포모 말고 '조모JOMO, Joy of Missing Out' 증후군도 있다는 걸 아느냐고 물었다.

'조모'는 '포모'의 반대 개념이다.
선택하지 않아서 놓칠까 두려워하는 게 아니라
선택하지 않아서 생기는 즐거움을 뜻한다.

결혼하면 잠재적 연인을 찾을 기회는 사라진다. 하지만 기회를 포기한 대신 안정감이 찾아온다. 더 이상 아무것도 선택하지 않아도 되는 기쁨이다.[8] 우리가 알아야 할 것은 포모 증후군이 철저히 미래에 기반한다는 것이다. 그러므로 유일한 해독제는 지금 현재에 집중하는 것이다. 즉 삶이 유한하다는 시간 인식이다.

정리 컨설턴트가 말하는 정리의 1원칙은 하나를 사면 하나는 버리라는 것이다. 공간이 한정돼 있기 때문이다. 책 읽기에 대한 내 원칙도 있다. 1년에 몇 권을 읽겠다는 식의 '양'이 아니라, 한 권의 책을 여러 번 읽을 때 생기는 '깊이'에 도전해보라는 것이다. 나는 지금도 톨스토이의 《안나 카레니나》를 10년 주기로 읽고 달라진 밑줄과 내 생각에 매번 놀란다.

어쩌면 번아웃세대에게 필요한 건 스펙 늘리기가 아니라 줄이기인지 모른다. 탐색이 아닌 정착일지 모른다. 우리가 정말로 열광하고 끝내 사랑하는 건 선택 가능성이 무한정 열려 있는 세상이 아니다. 매번 바뀌는 새로운 가게가 아니라 60년째 같은 메뉴를 파는 노포들이며, 잠재적 연인이 가득한 데이트 앱이 아니라 두 손을 잡고 공원을 매일 산책하는 노부부의 뒷모습이다.

선택이 무한대로 늘어나는 이 시대에
때로 선택하지 않는 것은 가장 훌륭한 선택이 된다.
이런 것들이야말로 진정한 쉼과 안정을 주기 때문이다.
온종일 바쁘다는 건

우리 삶에 리듬이 없다는 말과 같다.

쉼이 얼마나 중요한지에 대해 더 말할 필요가 있을까.

천지창조 후 신 역시 "보기에 좋았다"를 외치며
하루를 쉬었다.

신에게조차 휴식은 중요했다.

7부

자아

나와 나 아닌 것의
선 긋기

축구 팬이라면 유럽 리그의 '아스널'과 '토트넘', '레알 마드리드'와 '바로셀로나'가 서로 앙숙임을 잘 알 것이다. 서로에 대한 미움이 어느 정도인지는 몇몇 사고 실험에서도 밝혀졌는데 상대 팀의 유니폼을 입고 있는 행인이 길가에 쓰러져 있더라도 구해주지 않겠다는 팬들이 많다. 미국의 '뉴욕 양키스'와 '보스턴 레드삭스' 역시 팬들이 저주 쿠키를 만들어 먹었을 만큼 앙숙이다. 평소 온순한 사람을 극악 팬으로 만드는 힘은 무엇일까.

좋음에 비해 싫음의 힘이 세기 때문이다.
우리 팀이 이기는 것보다
때로 라이벌 팀이 지는 게 더 좋다고
말하는 사람이 있을 만큼.

나심 니콜라스 탈레브는 "네가 타인에게 기대하는 바로 그 행동을 다른 이들에게 하라!"는 말보다 "네가 싫어하는 타인의 행동을 다른 이에게 하지 마라!"는 말을 실천하자고 제안한다.[1] 인간은 무엇이 좋은지보다 무엇이 나쁜지 명확히 판단할 수 있기 때문이다.

　선함도 좋지만 악함이 없는 것만큼은 아니다.
　돕지는 못해도 피해는 입히지 않겠다는 결심은
　행복까지는 아니더라도
　불행해지지 않겠다는 마음과 연결된다.

　회사 내에 거악, 우뚝 선 악랄한 보스가 한 명 존재하면 팀원들의 결속은 오히려 더 강화된다. 이 역설은 우리가 어째서 악인과 싸우는 평범한 영웅들의 이야기에 그토록 열광하는지를 보여준다. 싫음은 본능적이다. 화가 나거나 울분이 치밀 때 우리는 소리를 지르거나, 울거나, 때로 누군가를 향해 물건을 던지고 주먹으로 벽을 친다. 좋은 것은 모호하지만 싫고 두려운 것은 더 생생하다.

　만약 내가 하고 싶은 일이 무엇인지 혼란스럽다면
　좋아하는 것이 아닌
　하기 싫은 일부터 파악하고 제거해야 한다.

　나는 부정적 감정이 인간에게 미치는 영향에 대한 몇 가지 사고 실험 결과를 보고 싫어하는 것의 강력한 힘에 흥미를 갖게 되었다. 사람들은 종종 다이어트나 금연 같은 결심을 지키기 위해 불이행 시 지급할 판돈을 건다. 그런데 그 벌금이 평소 자신이 혐오하는 반인권 단체나 정치 단체에 간다면 어떤 일이 벌어질까.

연구에 따르면, 두 가지 상황에 따른 미션 성공률의 차이가 컸다. 자신이 다양한 미션(다이어트, 금연, 절주) 등에 실패해서 낸 벌금이 미혼모나 독거노인, 발달장애가 있는 아이들을 지원하는 단체에 후원될 거라고 고지한 사람들보다 특정 테러 단체나 총기협회, 정치 단체에 지원될 거라고 말한 사람들의 미션 성공률이 훨씬 더 높았다. 혐오는 힘이 세다. 독일 68세대의 일원으로 반나치 운동가였던 빌리 브란트 전 총리는 자신이 피운 담배의 세금이 곧 전쟁세에 지원될 거라는 뉴스를 듣고 자신의 여섯 번째 손가락 같던 담배를 단박에 끊는다.

싫음을 파악하는 건 '실제의 나'가 어떤 사람인지 파악하는 데 매우 효과적이다. 인간은 진화 과정을 통해 자신의 마음을 속이는 능력까지 개발해냈기 때문이다. 죄를 짓고 감옥에 갇힌 재소자조차 자신이 평균보다 높은 도덕성을 가지고 있다고 믿고 있을 정도다. 사람은 대중 앞에서 평등을 주장하는 동시에, 흑인이나 여자 후보에게 표를 주지 않을 수 있다.

(남에게) 보이고 싶은 나와

(내가 느끼는) 실제의 나는 다르다.

인간은 때로 일기장에도 거짓말을 적는다.

싫어하는 것의 리스트를 충분히 채우고 나면 좋아하는 것의 리스트가 조금씩 떠오를 것이다. 그렇게 자기기만, 인정욕구, 체면, 콤플렉스, 투사, 회피 같은 심리적 불순물이 가라앉으면 드러난 내 모습이 아닌 빙하 아래 드러나지 않은 진짜 내 모습이 서서히 부유할 것이다.

———

어떻게 하면 변화무쌍한 세상에서 나를 지키며 살 수 있을까. 나를 지키는 힘은 나에게서 나오는 에너지와 남으로부터 오는 에너지, 양방향 에너지의 조화에서 나온다. 식당에서 상대에게 "오늘 뭐 먹을 거야?"라고 묻는 말이 자연스러운 관계 중심의 나라에서 타인에게 에너지를 빼앗기지 않는 건 생각보다 중요하다.

타인에게서 나를 지키는 방법 중 하나는 '선 긋기'다. 미셸 엘먼은 《가끔은 이기적이어도 괜찮아》에서 선 긋기를 설명하며 문이나 창문을 깨고 집 안에 들어오거나, 신발을 신고 내 침대 위에 올라오는 사람을 가만히 둘 수 있겠냐고 되묻는다. 중요한 건 어떤 집에선 신발을 신고 거실에 들어와도 되지만 어떤 집은 안 되는 것처럼 선 긋기에 '옳고 그름'이 없다는 것이다.[2] 선 긋기는 내가 무엇을 받아들일 수 있고 없는지를 타인에게 밝히는 행위로 사람마다 다르기 때문이다.

한 후배는 강릉 커피거리의 해변을 걷다가 아이들이 정성스레 만들어놓은 모래탑 다섯 기를 차례로 발로 뭉개며 깔깔대는 남자 친구를 보고 헤어질 결심을 했다. 자신 역시 누군가 쌓아 올린 돌탑을 발로 차고 싶을 만큼 화가 난 적이 있었지만 '발로 차고 싶은 것'과 실제 '발로 차는 것'은 다른 차원의 문제이기 때문이다. 누군가의 마음을 연탄재 차듯 함부로 다루는 사람과 더는 만날 자신이 없었다. 그것이 그녀가 정한 선이었다.

약속을 지키지 않는 것, 거짓말하는 것, 폭력을 행사하는 것, 사람을 하대하는 것은 내가 정한 선이다. 기분 좋게 취한 차 안에서 대리 기사를 함부로 막 대하는 사람의 말투가 손톱 밑 거스러미처럼 신경 쓰여 집에 들어가자마자 그 사람의 번호를 삭제한 적도 있다.

선 긋는 것을 유별난 것, 이기적인 것이라는 편견부터 버려야 한다. 선 긋기는 타인을 무시하는 행동이 아니라,

타인이 아닌 나로 '삶의 순서'를 바꾸겠다는 선언이며 타인에게 나를 알리는 기술이기 때문이다. 그래야 너와 나는 우리로 공존할 수 있다. 나아가 타인이 내게 하지 않았으면 하는 '그것(선)'을 남에게 하지 않을 때, 우리는 지금까지 쌓아온 숱한 오해를 작은 이해들로 바꿀 수 있다.

우리가 남이가?
우리는 남이다!
가까울수록 남이라는 것을 서늘하게 인정해야 한다.
그래야 아름다운 거리 안에서 친밀한 타인이 된다.

─

얼마 전 서점에서 '어머, 나는 누구인가!'라는 독특한 제목의 책을 빼 들었다. 오래간만에 보는 신통한 제목이라 바로 서가에서 뽑았는데 곧 잘못 본 제목이란 걸 깨달았다. 제목이 《어머니는 누구인가》였기 때문이다. 우리는 나에 꽂혀 산다. 어머니라는 단어조차 나라는 단어를 결코 이기지 못한다. 강연을 하면 주최 측에서 가장 많이 요청하는 주제도 나Me, 나 자신Myself이다. 나는 누구인가. 나는 왜 나를 미워하는가. 나를 힘들게 하는 사람과 어떻게 지내야 할까. 나는 왜 늘 실패만 할까…….

'나는 누구인가!'는 어려운 질문이다. 관념적이기 때문이다. '회사에서의 나'와 '집에서의 나'를 분리해 MBTI 테스트를 진행한 모 방송국 아나운서가 E(외향적)에서 I(내향적)로 바뀐 건 우리의 자아가 하나로 고정돼 있지 않기 때문이다. 그래서 '나는 누구인가'라는 질문은 '나는 무엇이 아닌가!'를 전제할 때라야 더 많은 의미가 생긴다. 이것은 '인생을 왜 사는가!'라는 질문보다 '인생을 어떻게 살 것인가!'라는 질문이 더 유용한 것과도 맞닿아 있다.

나는 누군가에게 '나 아닌 것'을 적어보라고 조언하기 전 에린 핸슨Erin Hanson의 시를 들려준다. 시 제목은 〈아닌 것Not〉이다. 이 아름다운 시는 '나이' '옷 사이즈' '머리색'까지 그것이 나를 말해주는 건 아니라고 선포하듯 말하며 시작된다.

만약 내가 나를 내 나이나 몸무게, 학력, 피부색이 아니라, 내가 오랫동안 키운 식물이나 반려동물, 방에 걸린 그림이나 읽어온 책의 숫자, 사랑하는 사람을 위해 부른 노래, 상처받은 이들을 위해 남몰래 흘린 눈물로 재정의한다면 어떤 일이 벌어질까.

삶이 한곳에 머물러 있지 않듯 우리의 역할과 정체성은 고정돼 있지 않다. 부모님이 돌아가시면 아들과 딸의 역할이 사라지고, 아이가 생기면 부모의 역할이 새로 부여되며, 그 아이가 자라 아기를 낳으면 할아버지나 할머니로서의 여정이 시작되는 것처럼 말이다. 우리는 조금씩 흔들리며 변화할 수 있어야 한다. 그래야 어느 날 '나는 누구이고, 여기는 어디인가!'라는 서늘한 막막함이 우리를 덮치지 않는다.

여성들이 육아 퇴근이나 은퇴 후 홀가분함을 느끼는 것과 달리 남성들은 은퇴에 취약한 편이다. CEO나 관료 출신의 남성들이 퇴직 후 특히 우울함이 크다는 것 역시 잘 알려졌다. 이런 심리 격차가 벌어진 이유가 뭘까. 업무를 위해 잠시 빌려온 직책의 권한을 자신의 능력이라고 착각하기 때문이다. 직책은 위치에 따라 언제든 내려놓아야 하는 것인데도 우리는 이 사실을 잊는다. 하지만 더 큰 이유는 사는 동안 직업 이외에 자신이 존재하는 방식을 고민해보지 않은 탓이다. 갑옷 같은 명함이 사라지면 그제야 관리하지 않은 자신의 맨몸을 바라본다. 이것이 역할, 특히 직업으로만 자신을 규정했을 때 생기는 정체성의 부작용이다.

지금부터라도 싫은 것에서 좋은 것을 직시하고,
나 아닌 것을 바라보며 나인 것 쪽으로 다가가야 한다.
세상 가치 있는 모든 것은

아는 것이 아니라 알아내는 것이며
있는 것이 아니라 발견하는 것이다.

나라는 다이아몬드를 캐내기 위해선 내면이라는 복잡하고 어두운 지하로 내려가 채굴하는 수고로움을 감당해야 한다. 이 고된 작업이 끝나면 마음을 건드리는 키워드가 남을 것이다. 달라이 라마에게 그것은 '친절'이었다. 부처님에겐 '자비'였고 예수님에겐 '사랑과 용서'였다. 돌부리에 걸려 넘어질 때마다 나를 일으켜 세운 나의 키워드는 무엇인가. 내겐 그것이 '성장과 회복'이다.

8부

상상

보이는 것에서
보이지 않는 것까지

내가 장편소설 《실연당한 사람들의 일곱 시 조찬모임》을 쓰게 된 건 뉴발란스의 단편 원고 청탁 때문이었다. 운동화와 관련된 짧은 이야기를 써달라는 부탁을 받고 고민하다가, 당시 숙취 해소제를 생수 마시듯 먹던 실연당한 한 친구가 불면증 때문에 새벽 등산을 다니게 됐다고 고백한 얘기가 떠올랐다. 중장년층의 인기 스포츠인 등산은 그녀로선 한 번도 상상해본 적 없는 취미였다.

당시 내 마음을 끌었던 건 새벽 다섯 시에 눈이 번쩍 떠지는 사람들이 아니라, 새벽 다섯 시까지 잠을 자지 못해 충혈된 눈으로 주말마다 비몽사몽 산을 오르는 사람들의 이야기였다. 실연 후 세상 모든 연애의 가능성이 닫히고, 현재를 오래된 미래처럼 느끼게 된 사람들 말이다. 아침 일곱 시부터 조찬모임을 갖거나, 강연을 들으며 밥을 먹는 건 기업 CEO들이나 자기 계발에 열정적인 사람들이 택하는 삶의 방식이다. 하지만 이 식욕 넘치는 활기찬 분위기에 실연이라는 축축한 마음의 상처를 덧입히면 예상 밖의 이야기가 나올 것 같았다.

나는 실연당한 사람들을 북한산 아래 두부집으로 집결시켰다. 하산 후, 신발을 벗고 들어가 방석에 앉아 아침 일곱 시에 뜨끈한 두부정식을 먹는 실연당한 사람들의 모임을 상상한 것이다. 등산객들로 시끌벅적한 식당에서 침울한 얼굴로 묵묵히 밥만 먹는 이들의 모습은 기괴하다 못해 서늘할 것 같았다. 그러다가 현관 입구에서 우연히 같은 뉴발란스 신발을 신은 실연당한 두 사람의 운동화가 뒤바뀐다면 어떤 일이 벌어질지 살펴보기로 했다. 그렇게 주인공은 미스터리로 가득 찬 아침 식사 후, 다른 사람의 운동화를 신은 채 집으로 가는 버스 정류장에 서 있게 된다.

문제는 충동적으로 주인공이 집으로 가는 버스 대신, 한 번도 타본 적 없는 낯선 버스에 올라타면서부터다. 그녀는 버스 맨 뒷좌석에 앉아 있다가 풍경에 이끌리듯 낯선 동네에 내린다. 한 번도 가본 적 없는 길을 걷고, 처음 보는 중학교 운동장 벤치에 앉아 농구 골대를 맞고 튕겨 나오는 골을 하염없이 바라보다가, 낯선 카페에 들어가 한 번도 마시지 않던 카페라떼를 마시고, 커다란 느릅나무가 있는 동네 마트 옆 벤치에 앉아 주먹으로 가슴을 치며(그녀에겐 유당불내증이 있다) 콘 아이스크림을 먹는다. 갑자기 배 속에서 뜨끈한 무엇인가가 올라온다고 느끼면서 말이다.

그것은 울음이었다.

실연 후 처음으로 터진 누구도 멈추지 못할 통곡이었다. 마트를 지키던 할머니가 소리에 놀라 나오고, 지나가던 사람들이 모두 그녀를 쳐다본다. 문득 그녀는 창피함에 고개를 숙이고 그제야 풀어진 신발 끈을 발견한다. 신발이 자신에게 너무 크다는 걸 깨달으면서.

바뀐 신발 주인은 어떤 사람일까?
신발 주인은 과거 어떤 연애를 했던 것일까?
이들의 신발이 바뀐 건 우연이었을까?

두부집에 모인 이들은 모두 트위터에 올라온 글을 클릭한 사람들이었다. 이야기는 주인공이 풀어진 신발 끈을 묶으려고 허리를 굽히는 순간, 한 남자와 눈이 마주치면서 끝난다. 하지만 내겐 여전히 의문이 남아 있었다.

만약 운동화에도
신발 주인이 걸은 모든 발자국을 간직한
기억의 저장고가 있다면 어떨까?

이 상상은 '만약 실연당한 후, 헤어진 연인이 남기고 간 물건을 버릴 수 없다면 이 물건을 어떻게 처리해야 할까?'라는 또 다른 상상으로 이어졌다. 헤어진 애인이 준 스카프와 목도리를 태우다 머리카락에 불이 옮겨붙어 머리를 자를 수밖에 없었던 내 친구의 웃픈 이야기가 떠오르자마자 나는 태울 수도, 버릴 수도, 그렇다고 가지고 있을 수도 없는 사연 많은 물건이 한곳에 집결한다면 엄청나게 시끄럽고 기괴하며 아름다운 일이 벌어질 것이라 직감했다.

원고지 40매짜리 단편소설이
1,300매짜리 장편소설로 탄생하는 순간이었다.

———

만약 인간이 하늘을 나는 새를 바라보며
'새처럼 날 수 있다면 어떨까?'라는 상상을 하지 않았다면
최초의 비행기가 존재했을까.

영화 〈보헤미안 랩소디〉를 보던 날, 엉뚱한 상상을 했다. 영화 초반, 그룹의 미래가 밝아 보이지 않는다며 보컬 자리를 박차고 나간 한 멤버에 대한 생각이었다. 그가 나갔기 때문에 그곳에 프레디 머큐리가 들어갈 수 있었고, 훗날 전설적 그룹 퀸이 탄생했다. 하지만 그의 시점에서 '라

이브 에이드Live Aid' 콘서트의 광적 엔딩을 봤다면 어떤 기분이었을까.

1983년 음반 녹음 직전 쫓겨난 한 남자가 복수를 결심하며 록밴드를 결성한다. 그의 이름은 데이브 머스테인. 그가 만든 밴드 메가데스는 2,500만 장 이상 앨범 판매량을 올리며 세계 최고의 밴드로 등극한다. 놀라운 건 세상에서 가장 성공한 밴드의 리더가 인터뷰에서 자신을 패배자라고 말한 것이다.

문제는 그가 쫓겨난 그룹의 정체였다. 그 그룹이 헤비메탈계의 전설 '메탈리카'였기 때문이다. 메가데스와 머스테인은 대중들에게 넘치게 사랑받았다. 하지만 메탈리카(1억 8,000만 장 이상 판매)만큼은 아니었다. 머스테인은 자신을 평생 루저로 생각했다. 비틀스의 잊힌 멤버 피트 베스트 역시 비틀스에서 쫓겨났다. 자신의 드러머 자리를 대신 꿰찬 링고 스타와 비틀스 멤버들을 보며 그는 어떤 생각을 했을까. 흥미로운 건 오랜 시간이 흐른 뒤 그가 한 인터뷰 내용이다.

비틀스가 잘나갈수록 피트의 인생은 절망적이었다. 하지만 그룹에서 쫓겨난 덕에 그는 인기나 돈이 아닌 다른 가치를 소중히 여길 수 있었고, 남편이자 아이들의 아빠로 사는 지금의 삶이 행복하다고 고백했다. 무엇보다 까칠한 비틀스 멤버들 사이에 낙천적인 링고 스타가 없었더라면 비틀스의 롱런을 누가 장담할 수 있었을까. 그날 마구잡이로 뻗친 상상을 조합해 신문 칼럼을 썼다. 상상의 상상을 더한 댓글을 보는 건 상상만으로도 즐거웠다.

―――

인지 기능에 관한 책 《케이크를 자르지 못하는 아이들》의 미야구치 코지는 시간은 눈에 보이지 않는 개념이라, "시간 개념이 약한 아이는 '어제, 오늘, 내일'" 정도에 걸쳐 생활하기에 한 달 후 시험을 준비한다거나, 10년 후의 꿈을 위해 준비하는 등 삶의 상세한 목표를 설계하지 못한다고 말한다. 그는 목표가 없는 아이들은 노력하지 않고 "타인의 노력 역시 이해하지 못한다"라고 말한다.[1] 가령 누군가 씨앗을 준다면 땅에 심지 않고 바로 먹어치우는 식이다.

흥미로운 건 미래에 대한 상상력이 약하면 지금 이런 행동을 하면 나중에 어떻게 될지 예상치 못해 이 순간만 좋으면 된다는 분위기에 휩쓸려 범죄에 쉽게 노출된다는 것이다. 다른 사람이 돈을 벌기 위해 얼마나 노력했는지 상상하지 못하면 훔칠 생각을 쉽게 하게 된다.

마약이나 도박, 알코올에 중독된 사람들도 마찬가지다. 건강한 사람들이 취업이나 결혼, 내 집 마련 등 비교적 먼 미래를 언급하는 횟수보다, 중독자들은 당장 먹을 것을 찾거나 게임을 하는 등 눈앞의 일에 몰두하는 경향이 크다. 일반인이 미래를 4년 반 정도로 파악하는 반면, 중독자에게 미래는 고작 9일 남짓이라는 심리학자 로이 F. 바우마이스터의 연구 결과도 있다. 이처럼 일면 무관해 보이는 범죄와 중독은 상상력과 긴밀히 연결돼 있다.

유발 하라리는 《사피엔스》에서 네안데르탈인보다 근육량과 뇌 용량이 작았던 사피엔스가 지구의 정복자가 될 수 있었던 힘을 상상력이라고 규정한다. 인간과 거의 흡사한 유전자를 가진 영장류도 전략적으로 협동한다고 알려졌다. 하지만 여기에는 인간과 다른 결정적 제약이 있다. 나는 생태학자 최재천 선생님이 강연과 인터뷰에서 종종 하는 비유를 좋아하는데 그의 상상 속 스토리는 이렇게 전개된다.

"평온한 오후, 침팬지 무리가 카페에 앉아 커피를 마시고 있다. 그런데 처음 보는 낯선 침팬지 한 마리가 들어오더니 프런트에서 '카페라떼 한 잔 주세요―'라고 말한다. 어떤 일이 벌어질까. 그런데 이 풍경은 상상 속에서나 일어날 법하다. 그곳에 있던 침팬지들이 낯선 침팬지가 문을 여는 즉시 일순간 덮쳐 갈기갈기 물어뜯어 죽일 것이기 때문이다."

인간은 이질적인 외부인과 지낼 수 있는 거의 유일한 종이다. 고릴라나 침팬지도 무리를 이뤄 협동하지만 수천, 수만 마리가 공동체를 만드는 건 불가능하다. 하지만 인간은 종교라는 이름으로 수백만 명이 한곳에 집결하고, 때로 신을 위해 전쟁을 불사하며, 국가라는 기치 아래 수억 명의 사람들이 규율을 지킨다. 사피엔스는 눈에 보이지 않는 관념인 사랑이나 공감 때문에 종을 뛰어넘어 어려움에 처한 존재를 돕는다.

진화학자 장대익 교수는 검은자위에 덮여 흰자위가 보이지 않는 다른 영장류에 비해 유독 인간의 흰자위가 넓은 이유를 검은자위의 미세한 움직임을 포착해 커뮤니케이션하기 위한, 즉 '협동을 위한 진화'라고 설명한다. 눈치와 낌새, 직감, 심지어 스캔들이나 소문을 만드는 능력 역시 이와 무관치 않다는 것이다.

결국 상상력은 사피엔스 문명의 기초였다. 잠수함, 전화기, 증기기관차 등 세상 많은 것은 눈에 보이지 않는 것을 그려내는 인간의 상상력에서 시작됐다. 인간은 우연히 기차 옆자리에 앉은 승객을 바라보며 '그녀와(그와) 사귄다면? 결혼해 아이를 낳는다면? 어떤 결혼 생활이 이어질까' 를 한순간에 그려낼 수 있다. 그것이 인공지능과 우리를 가르는 결정적 변수다. 상상력은 우리가 생각하는 것처럼 고작 어린이들의 꿈에 필요한 도구가 아니다.

———

상상력의 가공할 힘에 대해 떠올리면 나는 늘 2016년 구글의 인공지능 알파고가 바둑 천재 이세돌을 이긴 충격 이 떠오른다. 인간이 개발한 인공지능이 인간 바둑 천재를 연달아 이긴 후, 수많은 매체가 쏟아내던 '30년 안에 사라 질 직업 목록' 앞에서 느꼈던 막연한 두려움 말이다. 6년 후, 챗GPT의 출연 역시 극적이다. 10년 내 미국 노동자의 80퍼센트가 인공지능에 영향권 아래에 있으며 회계사, 변 호사, 기자, 애널리스트, 통역사, 작가 등 거의 모든 화이트 칼라 직종이 대체 가능하다는 진단 때문이다.

2017년 투자 은행 골드만삭스가 598명의 트레이더를 해고하고 단 두 명만 남긴 사건은 인공지능이 일상화된 미 래에 생존하기 위해 우리에게 필요한 것이 무엇인지 되묻 는다. 1만 대의 자동차를 생산하는 공장에 직원이 열 명뿐 이라면, 이 사람들마저 인공지능이나 로봇이 제대로 작동 하는지를 점검하는 사람이라면, 우리는 미래를 어떻게 그

려볼 수 있을까.

노동 인력이 휴식 시간이나 임금 인상, 노조를 만들지 않는 로봇이나 인공지능 기술로 대체되는 건 시간문제다. 사고율을 90퍼센트 이상 낮춘다고 알려진 완전한 자율주행기술이 정착되면 운송업자와 자동차 보험 회사는 어떻게 될까. 테슬라 CEO 일론 머스크의 말처럼 어쩌면 인간의 운전이 너무 위험하다는 이유로 불법인 시대가 올지도 모른다.

동료 작가와 챗GPT가 쓴 소설 이야기를 하다가 번역가 선배가 툭 던진 '침몰론'이 떠올랐다. 우리가 타이태닉호의 악사들처럼 모두 가라앉는 중이라는 것이다. 하지만 TV가 처음 나왔을 때도 그랬다. 영화관은 이제 끝났다고 했지만 이후 영화 산업은 훨씬 더 발전했다. 19세기에 사진이 발명됐을 때, 화가들 역시 회화의 시대는 저물었다고 절망했다. 그러나 똑같이 재현해 그리는 것을 미덕으로 삼던 회화는 '재현'에서 '표현'으로 넘어갔다. 오히려 사진 발명 이후 인상파, 야수파, 입체파 등 다양한 심상의 표현이 나타나며 미술 시장은 진일보했다.

챗GPT가 나타나자 많은 직업군의 사람들이 혼란에 휩싸였다. 저작권 문제 때문에 챗GPT의 도움을 받은 보고

서나 논문은 불허하겠다고 말한 회사나 학교도 늘고 있다(《네이처》와 《사이언스》는 챗GPT를 이용해 쓴 학술논문은 받지 않겠다고 발표했다). 뇌과학자 김대식은 이 논쟁이 과거 고등학교 수학 시험에 전자계산기를 도입할 것인지에 대한 논의만큼 지금 영미권에서 첨예한 이슈라고 설명한다.

수학에서 계산 능력을 제외하면 남는 건 무엇일까. 답을 찾기 위한 추론 능력일 것이다. 챗GPT가 인터넷상의 수많은 데이터를 읽고 답하는 데 최적화돼 있다면 지금의 우리에게 가장 필요한 능력은 무엇일까? 문제는 챗GPT와의 경쟁이 아니라 누가 그것을 더 창의적으로 사용할 수 있느냐는 것이다.

생전 이어령 선생님은 인간이 말과 달리기를 해서 이길 수 있는 유일한 방법은 "말 위에 올라타는 것"이라고 주장했다. 자신은 인공지능을 만든 사람들이 아니라, 인공지능을 컨트롤할 수 있는 사람에게 기대한다고 강조했다. 검색의 시대에 사색은 점점 힘을 잃고 있다. 그럼에도 생각을 멈추어선 안 된다. 챗GPT의 핵심은 질문이며 그것의 기반이 곧 사유이기 때문이다.

챗GPT의 프롬프트, 즉 명령어 입력이 창의적일수록, 질문의 밀도가 높을수록 인공지능은 더 참신한 답을 찾아낼 것이다. 덧붙여 우리에겐 답변의 옳고 그름을 판단할 지성의 의무가 있다. 가짜를 진짜처럼 말하는 이 생성형 인공지능이 가진 치명적 약점이 '진짜와 가짜'를 분별하지 못하는 것에 있기 때문이다. 기계가 많은 것을 대체하는 시대다. 하지만 우리는 여전히 사람의 손길을 그리워하며 핸드 메이드라는 라벨이 붙은 제품에 더 큰 비용을 지불한다. 모든 것이 빠르게 변화하는 시대에 더 중요한 건 역설적으로 '그렇다면 무엇이 변하지 않는 것인가!'다.

전자계산기의 등장 이후 사라진 건
주판이지 수학이 아니다.
형태는 변해도 본질은 변하지 않는다.

———

나는 최강의 농구팀을 자랑하는 대학 부속 초등학교에 다녔다. 당시 중앙대학교 농구팀의 허재와 강동희 선수는 여타 실업팀 선수보다 더 높은 인기를 누렸다. 한기범 선수의 키가 정말 2미터가 넘는지 확인하고 싶던 나는 쿵쾅대는 가슴을 진정시키며 대학 캠퍼스 정문 앞을 서성이곤 했다. 우리 가족의 스포츠 사랑은 못 말릴 정도로 대단했다. 종목을 가리지 않는 열광은 올림픽 때 가족애로 꽃피곤 했는데, 새벽 네다섯 시에도 다섯 명이 나란히 소파와

바닥에 앉아 서향순 선수의 양궁 시합을 응원하던 로스앤젤레스 올림픽에서 정점을 찍었다. 그때 아직 잠이 묻어난 눈으로 동생은 우리에게 의문을 표시했다.

"이상하지 않아? 수영은 100미터부터 200미터, 500미터, 1,000미터에 남녀 혼영 계주까지 있는데 양궁은 왜 종목이 적어?"

뒤통수를 맞은 느낌이었다. 육상 경기도 100미터부터 마라톤까지 얼마나 많이 세분화되어 있는가. 동생의 말처럼 양궁 종목을 세분화하면 금메달 열개는 따 놓은 당상이 아닌가. 우리는 상상 속에서 30미터부터 50미터, 100미터, 1,000미터까지 종목을 세분화하고, 남녀 혼합 활쏘기, 말 타고 활쏘기 같은 여러 종목을 순식간에 만들었다. OB베어스와 박철순 투수의 팬이기도 했던 두 어린이의 상상처럼 양궁이 다양한 종목으로 나뉜다면 우리나라는 금메달밭을 넓혀 스포츠 강국이 될 수 있다고 생각했다.

그리고 어떤 상상은 현실이 된다.

어린이는 과즙처럼 풍성한 상상력을 가지고 태어난다. 자신의 응가에게도 인사하고 가지고 놀던 공이 목이 마를까 봐 물을 주던 네 살 조카를 봐도 그렇다. 사방으로 뻗은 가지를 보며 나무에 팔이 많은 건 새들이 앉아 쉬기 위해서라는 말을 아이는 아무렇지도 않게 떠든다. 아이들의 창의력을 높이기 위해 부모 역시 열성적이다. 아이에게 동화책을 읽어주고, 각종 체험 행사나 전시를 볼 수 있는 환경을 만든다. 하지만 상상력 풍부한 어린이가 자라 학교에 가면 책은 교과서로 빠르게 대체된다. 대한민국에서 부모가 '학부모'가 되는 순간은 생각보다 빨리 찾아온다. 열린 상상력의 문도 그때부터 서서히 닫힌다.

사람들은 상상력을 타고나는 것이며 어린아이들에게 필요한 것이라 믿는 경향이 있다. 하지만 상상력은 우리의 편견과 달리 훈련으로 습득되는 경우가 많다. 나는 종종 상상력을 '마음의 근육'이라고 표현한다. 근육을 만들듯 같은 동작을 반복해 '자극'을 주고 점점 '강화'하는 방식으로 키울 수 있기 때문이다. 그림 보기, 뮤지컬이나 영화 관람, 책 읽기, 재미있게 놀기는 모두 마음의 근육을 자라게 하는 자극이다.

만약 빈곤해진 상상력을 되찾고 싶다면 부모가 아이에게 해주었던 '그것'을 '내게' 해주면 된다. 이제 어른이 된 나를 아이처럼 보살피는 것이다. 한 번도 먹어보지 못한 음식을 먹거나, 신나는 곳으로 여행을 떠나고, 재미난 책을 읽고, 낯선 외국어를 배우는 것이다. 효율성을 중시하는 시대에 '호모 루덴스Homo Ludens'(놀이하는 인간)로 사는 일은 중요하다. 우리의 뇌는 휴식과 놀이 없이 공부만으로 결코 자라지 않는다.

———

자신이 설립한 회사 애플에서 쫓겨나고, 〈토이 스토리〉 〈UP〉 〈니모를 찾아서〉 같은 애니메이션을 만든 픽사를 설립한 후 다시 애플에 복귀하기까지 우여곡절이 많던 스티브 잡스는 자신의 삶을 "점을 연결하라Connecting the dots!"라는 상상력 가득한 문장으로 표현했다. 나는 애플의 정체성이 'Think Different'로 드라마틱하게 바뀐 결정적 계기가 잡스가 픽사를 설립한 후, 스토리텔링의 구성 원리와 중요성을 뼛속까지 깨달으면서부터였다고 생각한다.

상상력을 말할 때, 나는 머릿속에서 울려 퍼지는 TV 만화 〈빨강머리 앤〉의 주제가를 부르며 앤처럼 말한다. 요즘 아이들의 머릿속에 엘사의 〈렛 잇 고〉가 상상의 폭죽처럼 터져 떼창으로 공명하듯 말이다.

"전요! 즐겁게 기다리는 것에 즐거움의 절반은 있다고 생각해요! 그 즐거움이 일어나지 않는다고 해도, 즐거움을 기다리는 기쁨이란 틀림없이 나만의 것이니까요!"

앤 셜리는 매튜 아저씨의 농사를 도와줄 남자아이가 아니라는 이유로 다시 고아원으로 가게 될 처지에 놓인다. 하지만 고아원으로 돌아가는 마차에서 앤은 에이본리 마을의 풍경을 바라보며 마릴라 아주머니에게 말한다. 전날 밤, 세상이 무너질 것처럼 울던 아이의 입에서 "즐거움이 일어나지 않는다고 해도, 즐거움을 기다리는 동안의 기쁨은 틀림없이 나만의 것"이란 말이 흘러나온 것이다.

사실 앤의 멋진 대사보다 중요한 건
앤이 이 얘기를 언제 했느냐다.

앤의 상상력은 절망적 순간에 더 큰 힘을 발휘한다. 앤이 가난한 지역을 여행하다 지갑을 잃어버렸다면 이 돈을 도둑맞은 돈이 아니라, 가난한 사람들을 위해 '기부'한 돈이라 상상했을 것이다. 앤은 또래 친구 하나 없는 산속 마을에서는 친구가 없다고 속상해하는 대신, 부엌 찬장 유리에 비친 자기 얼굴에 '캐시 모리스'라는 이름을 붙여 친구처럼 속마음을 털어놓는다.

침대와 책상만 있는 휑한 자신의 방을 보고 '아무것도 없는 방이라 상상할 것이 많다'라는 장점을 찾아내고, "아무것도 기대하지 않는 사람은 아무런 실망도 하지 않으니 다행이지"라는 린드 아주머니에게 "실망하는 것보다 아무것도 기대하지 않는 게 더 나빠요!"라고 대드는 아이 앞에서 나는 부끄러웠다. 문학 공모에 소설을 보내고 한 번 더 떨어지는 게 두려워 포기하려는 마음을 들킨 것 같아 창피했다.

앤은 불행에 지지 않겠다고 선언한 듯 끝없이 '그럼에도 불구하고'라는 말을 골라낸다. 휘몰아치는 눈보라 속에서 굳은 의지를 표현한 엘사 역시 그랬다. 아직 오지 않은 미래를 그려내는 이 소녀들의 머릿속에는 희망이 적금처럼 저축됐다. 도서관에 박혀 책만 읽던 어린 나에게 책 속의 인물이 들려주는 상상의 세계는 도피처가 아닌, 삶의 핵심 기술을 배우는 학교였다.

———

2002년 한일 월드컵 때 대한민국의 캐치프레이즈는 "꿈은 이루어진다"였다. 하지만 꿈을 이루기 힘든 MZ세대는 지금 이 문구를 '꿈은 이루어지지 않기 때문에 꾸는 것이다' 같은 쓸쓸한 패러디로 풍자한다. 특히 작가나 감독, 가수처럼 예술 분야의 꿈은 백일몽으로 취급받기 쉽다. 회사는 자아실현을 하는 곳이 아니라는 조언은 넘친다. 회사가 주는 월급이 자아를 뭉갠 대가라고 생각하라는 것이다. 하지만 월급만 바라보고 하루 열 시간 이상 회사에 있어야 한다면 행복은 점점 요원해지고, 괴로움과 허무함은 점점 짙어진다. 그래서 회사원 시절, 내가 찾아낸 건 상상력을 이용하는 것이었다.

직장 내 파벌 싸움이 정점에 치달을 때는 니콜 크라우스 의《사랑의 역사》에 등장하는 문장에 기대어 숨 쉴 수 있었다. 내가 겪는 분노와 슬픔, 실망을 내 몸 안의 장기가 나누어 관리한다고 상상한 것이다. 다른 사람들이 내게 주는 충격과 분노는 왼쪽 콩팥이, 내가 나에게 느끼는 실망은 오른쪽 콩팥이 맡는다고 상상하면 어쩐지 충격과 분노가 분산되는 것 같았다.

그럼 실패한 꿈이 주는 실망은 어느 기관이 담당해야 할까. 만약 실망을 담당하는 부위가 위장이라면 내 배 속에서는 하루 종일 꼬르륵거리는 소리가 나지 않을까. 그렇다면 나는 이 소리를 죽비 소리 삼아 쓰레기 같은 원고라도 매일 써야겠다고 결심했다. 물론 이 위대한 결심은 늘 작심삼일로 고꾸라졌다. 하지만 만약 3일에 한 번씩 결심하면? 작심삼일로도 꿈을 이룰 수 있다는 엉뚱한 상상은 늘 내 곁에 앉아 내 머리를 토닥였다.

그러나 아무리 노력해도
물은 99도에서 끓지 않는다.

상상

우리에겐 늘 1도가 더 필요하다.

직업적 커리어를 쌓아가며 많은 사람을 만나고, 내가 알아낸 뜻밖의 비밀은 밑에서 위로 올라가려는 이들의 노력보다, 위에서 밑으로 떨어지지 않기 위한 노력이 더 집요하고 절박하다는 것이었다. 그것이 무라카미 하루키가 소설가로 살기 위해 처음 필요한 건 재능이고, 이후는 오직 '체력'이라고 말한 이유다. 현업 작가 시점에서 말하면 소설은 손이 아니라 엉덩이로 쓴다는 말은 한 치의 과장도 아니다.

사람들은 성공이 노력에 비례한다고 믿는다. 그러나 안타깝게도 노력에 비례해 꼭 실력이 향상되는 건 아니다. 다이어트를 할 때도 처음에 잘 빠지던 체중이 아무리 노력해도 빠지지 않는 정체 구간이 있는 것처럼 말이다. 사실 노력한 만큼 실력이 쭉쭉 늘어나는 시기는 초심자 시절뿐이다. 어느 정도 실력이 쌓이면 노력에 비례해 실력이 느는 게 아니기 때문이다. 성공 여부는 수평적 정체기를 뚫고 상승을 기대할 수 있는 지점까지 가느냐 가지 못하느냐에 달려 있다.

모소 대나무는 4여 년 동안 고작 몇 센티미터 정도만 자란다. 하지만 이 길고 긴 4년을 견디고 나면 땅에 싹을 틔

운 지 6주 만에 15미터까지 자란다. 4년 동안 전혀 자라지 않는 것처럼 보이던 대나무가 5년째 되는 해, 쏟아지는 햇빛을 가리고도 남을 울창한 숲으로 자라는 것이다. 중요한 건 모소 대나무가 견딘 지난한 4년이다. 모소 대나무는 눈에 보이지 않지만 계속 어두운 땅속으로 길고 단단하게 뿌리를 내린다.

눈에 보이는 나무의 높이는
눈에 보이지 않는 뿌리의 깊이에 비례한다.

이것이 바로 노력의 강도만큼
노력의 지속이 중요한 이유다.
이것이 포기의 순간에도
포기하지 말아야 하는 이유다.
이것이 실패가 시도로 바뀌는 마법이다.

그렇다면 우리는 자신의 노력이 물이 끓기 전, 99도까지 왔다는 걸 어떻게 알 수 있을까. 처음에는 누구도 모른다. 하지만 100도에 이르러 '물이 끓고 난 이후'를 단 한 번이라도 경험해본 사람은 안다. 아니, '알게 된다.' 삶의 오랜 비밀이 풀리듯 연쇄적으로 자신을 가로막던 장애물이 차례로 사라지는 놀라운 경험을 하기 때문이다. 자연은 이미 그 비밀을 알고 있다. 아직 겨울바람이 매서운 추위의 한

가운데 '봄이 온다'라는 뜻의 '입춘'이 놓여 있다는 걸 우리도 깨달아야 한다.

성공하는 사람이
계속 성공만 하는 것처럼 보이는 이유는
성공 이후 성공의 공식이 바뀌기 때문이다.

일은 일을 부른다. 바쁘면 바쁠수록, 시간이 없으면 없을수록, 더 많은 일을 하는 기이한 역설이 이어진다. 여기서 일을 '기회'로 바꿔 부를 수 있어야 한다. 많은 기회를 얻은 사람에게 오는 가장 큰 선물은 실력 향상이다.

무엇보다 성공으로 얻은 자신감은
자신의 실패를 바라보던
과거의 방식을 완벽히 변화시킨다.
실패가 성공을 위한 필수 과정이었음을
몸으로 체득하기 때문이다.
이 모든 과정에서 그는 '지지 않는 법'을 터득한다.

누구도 매 순간 승자일 수 없다. 이기는 것만을 목표로 하면 골문 앞에서 틀림없이 긴장하게 된다. 과거 대한민국 축구의 고질적 문제였던 골문 앞 공 처리 미숙은 반드시 이겨야 한다는 강박이 만들어낸 부작용이다.

그러므로 진짜 성공만큼 중요한 건 멋지게 지는 것이다.
세상에는 성공처럼 보이는 실패와
실패처럼 보이는 성공이 있다는 걸 아는 것이다.
이것이야말로 졌지만 결코 지지 않는 법이다.
그러려면 우리는 실패에서 더 많이 배워야 한다.

토머스 에디슨은 발명왕이라는 별명에 걸맞게 1,093건의 미국 특허와 1,293건의 국제 특허를 따는 경이로운 기록을 세웠다. 하지만 1914년 12월에 일어난 연구소 화재 사건으로 그는 자신이 가진 대부분을 잃었다. 가장 큰 피해는 연구소에 남은 각종 연구 데이터와 장비들이 불타 없어진 것이었다. 에디슨은 검은 연기를 내뿜으며 불타오르는 자신의 연구소를 멀찍이 바라보며 아내에게 말했다.

"그간 내가 저질렀던 모든 오류가 지금 저 불길에서 타고 있소. 정말 감사하게도 이제는 완전히 새로 시작할 수 있게 됐어."

에디슨은 미국의 힘을 상징하던 제너럴일렉트릭의 전신인 에디슨제너럴일렉트릭의 설립자다. 공황 발작을 불러일으킬 만한 위기 앞에서 자신의 오류를 바로잡을 기회를 포착하는 그의 능력은 혹독한 시련과 훈련을 통해 만들어졌을 것이다. 투자의 대가들 역시 이런 지혜를 알고 있었다.

그들은 오히려 호경기에 자제하고, 폭락 시기에는 적극적으로 투자했다. 유럽에 창궐한 페스트 때문에 케임브리지 대학에 내려진 휴교령으로 귀양을 가듯 고향으로 내려간 뉴턴은 그 시기에 만유인력의 법칙을 구상했다. 성공하려면 보통 사람들과 다른 길, 다른 태도를 선택해야 한다. 로버트 프로스트가 노래한 숲속의 두 갈래 중 〈가지 않은 길〉 말이다.

성공의 공식이 바뀐다는 말의 더 정확한 의미는
실패에 대한 정의가 재정립된다는 뜻이다.

참담한 대형 화재 발생
14일 후,
에디슨은 축음기를 발명했다.

봉준호 감독의 영화 〈설국열차〉에는 유명한 장면이 나온다. 지구 기후 변화로 기차 밖을 나가면 모두 얼어 죽을 것이라 믿던 디스토피아 사람들에게 누군가 "만약 얼어 죽지 않는다면? 기차 밖에 나가서도 살 수 있다면?"이라고 반문하는 순간, 사람들은 오래된 '벽'이 실은 '문'일지도 모른다고 의심하기 시작한다.

너무 오래 닫혀 있으면 그것이 벽이 아니라
두드리고 밀었을 때 열리는 문이라는 걸 깨닫지 못한다.
너무 오래 닫혀 있으면
그것이 암막 커튼이 쳐진 창문이었다는 것을 잊는다.

이제라도 닫힌 창문을 열자. 폭우가 그친 후, 햇살이 살 갖에 와닿을 것이다. 곧 계절을 알리는 매미와 자동차 소리가 귓가를 스칠 것이다. 삶의 소리로 가득한 밖을 바라보며 내 손목에 채워진 수갑이 실은 반짝이는 팔찌일 뿐이라는 걸 깨닫게 될지 모른다. 옭아매던 수갑을 풀 듯 닫힌 문을 열고 밖으로 나가면 불어오는 바람을 느낄 것이다. 그렇게 우리는 비 갠 후, 무지개를 볼 수 있다.

2012년 《실연당한 사람들의 일곱 시 조찬모임》이 출간되고 10년이 지난 어느 겨울, 우연히 오래된 이 소설을 읽게 된 배우가 있었다. 그녀는 한밤중 홀로 소설을 읽다가 문득 소설 속 장면과 대화를 머릿속으로 상상한다. 실연후, 보이지 않던 것을 보고 듣지 못하던 것을 듣게 된 유령 같은 사람들에 대해, 습기로 찢어져 너덜거리는 벽지 같은 어떤 마음들에 대해서 말이다.

세상에 없던 이야기가 소설이 되고 소설 속 캐릭터가 영화 속 주인공이 되어 사람들의 마음에 가닿기 위해선 생각보다 아득히 긴 세월이 필요하다. 이 모든 것은 우연한 두 사람의 상상 때문에 가능한 일이었다.《실연당한 사람들의 일곱 시 조찬모임》이 영화화되고 여자 주인공이 캐스팅되었다는 소식을 들은 후, 내게 스친 첫 번째 생각은 이것이었다.

어떤 상상은 현실이 된다.

9부

만족

적당한 선,
적정한 삶

아주 오랫동안 아침에 일어나자마자 처음 드는 생각은 '잠이 너무 부족해'였다. 잠을 충분히 자지 못하는 이유는 밤에 뭔가를 늘 더하기 때문이었다. 책을 읽거나, 영화를 보거나, 메일의 답장을 쓰는 식이었다. 잠들기 아쉽다는 생각은 만성적이라 취침 시간은 늘 계획보다 한두 시간씩 이상 늦춰졌다. 잠이 부족하다는 생각에 늘 피곤했고, 아무리 효율적 동선을 짜고 계획을 세워도 나는 '시간이 부족해'라는 말을 입에 달고 살았다.

취준생들은 원하는 곳에 취업하기엔 스펙이 늘 부족하다고 생각한다. 직장인들은 돈이 부족하고, 아이돌이 꿈인 청소년들은 미모가 부족하다고 생각하며, 100만 유튜버들조차 구독자 수가 200만 유튜버보다 적다고 생각한다. 전 세계 작가들이 자기 소설에 만족하고, 방송국 PD들이 시청률에 만족하는 그날은 아마 영원히 오지 않을 것이다. 우리는 대체 언제부터 만족을 모른 채 끝없는 불안에 시달리게 됐을까.

　나는 칭찬을 칭찬으로 쉽게 받아들이지 못하는 유년기를 보냈다. 누군가 "잘했네!"라고 말하면 "고맙습니다!"보다 "아니에요!"라는 말이 먼저 튀어나왔다. 원하던 것을 얻어 도파민이 솟구칠 때도 '너무 기뻐하진 말자!'라는 생각에 마음이 쉽게 가라앉았다. 연애를 할 때도 이 행복이 얼마나 지속될까 싶어 불안했고, 문학상을 받았을 때는 내가 이 상에 합당한 능력을 지닌 작가인지 의심하느라 불안과 부담감에 짓눌렸다.

　겸손과 별개의 문제로 나는 순수한 기쁨을 느끼는 능력을 서서히 잃었다. 언제 불행이 닥칠지 모르니 늘 한 번에 들이킬 '찬물(정신 차려!)'을 대비해두는 게 그나마 마음을 안정시키는 유일한 길이었다. 나는 이기는 법보다 지지 않는 법에 늘 관심이 갔다. 기쁨을 적게 느끼는 대신 고통도 덜 느끼고 싶었다.

　나를 사로잡은 건 기쁨을 느끼는 능력이 아니라 절망과 불행을 피하고 감지하는 능력이었다. 웃는 것보다 울지 않는 게 내겐 더 중요했다. 하지만 이렇게 계속 살면 어떤 일이 벌어질까. 어린 앤에게 충고하는 린드 아주머니처럼 기대하지 않으면 실망할 일도 없으니 삶이 더 평온해질까.

불행을 피한다는 건 내 안이 아니라 내 밖의 것, 즉 타인의 시선이나 주위 환경의 변화를 명확히 인식하는 능력을 발전시키는 것이다. 나는 내 불행의 많은 원인이 나쁜 근무 환경이나 까다로운 직장 선후배, 대출금 상환 등의 경제적 부담처럼 외부에 있다고 믿었다. 그러나 누구라도 외부 원인을 바꾸는 건 결코 쉽지 않았다. 그래서 내가 찾은 방법은 조금 더 완벽해지기 위해 스스로를 밀어붙이는 것, 즉 자기 착취적 사람이 되는 것이었다. 나는 오랫동안 15분 단위로 시간을 쪼개 쓰는 (일 중독자인 줄도 모르는) 일 중독자로 살았다.

이런 능력을 발전시키면 확실히 많은 일을 하게 된다. 일 잘한다는 칭찬도 듣는다. 하지만 동시에 만성적 시간 부족 현상에 시달리며 어딜 가든 종종걸음을 치고, '느긋한'이란 말은 마음사전에서 건강과 함께 삭제된다. 내 경우 일의 성과는 점점 나아졌지만 마음은 불안해서 머리카락이나 손톱을 물어뜯는 어린 시절의 버릇이 뾰루지처럼 돋아났다. 그때의 나를 떠올리면 끊임없이 '해야 할 일To Do List'을 지우며 잠시 만족하다가 다시 불안해하는 날들을 반복하며 보냈다.

문제는 해야 할 일의 리스트가 영원히 줄어들 것 같지 않았다는 것이다. 더 큰 문제는 바빠 보이는 사람에게 우리 사회가 훨씬 더 열광한다는 것이다.

'놀면 뭐하니'라는 생각은 국민적 트라우마였던 IMF 경제 위기 이후 더 견고해졌고, 바쁨은 휴식을 몰아내며 사람들을 다그치기 시작했다. 무엇보다 성공한 사람은 우리 눈에 모두 바빠 보인다. 그러나 바쁨이 곧 성공처럼 보이는 현상은 끝없는 자기 착취를 자기 성공으로 착각하게 만든다는 데에 더 큰 심각성이 있다.

일흔이 훌쩍 넘은 내 노모는 어린 시절 자신이 얼마나 예뻤는지 얘기하기 시작하면 눈이 반짝인다. 충청남도 예산군 고덕면 최고의 미녀였던 엄마가 지금도 어린 시절을 회상하며 소녀처럼 웃으며 깔깔댈 수 있는 건 고작 100명 남짓의 작은 동네에선 그 누구도 엄마의 미모와 인기를 따라올 수 없었기 때문이다.

하지만 내 친구의 열네 살 딸은 블랙핑크나 뉴진스 같은 아이돌과 수많은 뷰티, 패션 크리에이터들을 실시간으로 지켜보며 자랐다. 이 세상에 자기보다 예쁜 사람이 얼마나 많은지 깨달은 아이의 입에선 초등학생 때부터 "나는 너무 못생겼어! 뚱뚱해!"란 말이 수시로 나오고 "나 성형할 거야!"란 낙담이 한숨처럼 새어 나온다. 아무리 본인의 독창성과 예쁨을 말해줘도 아이는 누구의 말도 믿지 못한다.

인스타그램이나 숏폼 플랫폼에 올라오는 사진과 동영상에는 유독 연예인 같은 미남 미녀가 넘쳐난다. 하지만 거리에서 만나는 사람들 가운데 그런 사람들은 쉽게 눈에 띄지 않는다. 무슨 의미일까. SNS의 사진과 영상은 다양한 필터로 수정 보완된다. 요즘에는 성형외과에 유명 연예인의 사진이 아니라 다양한 필터로 수정된 자신의 얼굴을 들고 가는 경우도 많다. 필터를 쓰지 않은 자신의 얼굴이 오히려 부자연스럽고 이상하다고 느끼는 사람들이 늘고 있다.

우리는 SNS 속에서 반 친구가 아니라 세계 최고의 실력자와 비교하며 스스로 초라해지는 순간을 수시로 체험한다. 우주 개발이 본격화되면 이제 지구를 넘어 우주인과 미모와 지식을 비교해야 하는 시절이 올지 누가 알겠는가. 그런 이유로 우리는 평범해지는 것에 대한 두려움을 스스로 내면화했다.

두려움이 내면화되면 수치심이 생기고, 수치심을 감추기 위해 사람은 자신을 더 부풀리고 과장하게 된다. 육아 프로그램 시청 후, 아이에게 비싼 그림책과 교구를 사주는 건 아이에게 특별한 엄마가 되지 못하고 평범해지는 게 두렵기 때문이다. 능숙한 영어로 영화제 수상 소감을 말하거나 외국인과 대화하는 여행 유튜버 영상을 보고 충동적으로 외국어 학원에 등록하거나 고가의 영어 앱의 멤버십에 가입하는 것 역시 그것이 내 안의 수치심을 건드리기 때문이다. 과시를 뜻하는 '플렉스Flex'나 에르메스 박스를 산처럼 쌓아놓고 개봉하는 '명품 하울'도 같은 맥락에서 이해할 수 있다.

———

《마음 가면》은 인간의 취약성에 관한 책이다. 하지만 이 책은 우리가 느끼는 부족함에 대한 불안의 단서를 다양한 사례를 들어 설명한다. 인간의 취약성에 대해 연구한 브레네 브라운의 진단에 따르면 불안은 '결코 충분하지 않다Never Enough'란 문화에서 더 강화됐다. 나는 지금 충분히 똑똑하지 않고, 예쁘지 않고, 돈이 많지 않고, 경험이 부족한 것이다. 자신에게 뭔가 부족하다는 불안은 현대인들의 외상 후 스트레스 장애PTSD이며 '미국의 새로운 시대정신'이 됐다는 게 브라운의 진단이다.[1]

브라운은 완벽주의에 대한 사람들의 오해가 많은 것을 파국으로 내몬다고 말한다. "완벽주의는 최고가 되기 위해 열심히 노력하는 것이나 자기 계발과 다르며 결코 성장이나 성취가 아니며, 자신을 방어하기 위한 움직임"[2]일 뿐이라고 한다. 여기서 간과하지 말아야 할 것은 완벽주의의 핵심이 "남한테 인정받으려고 애쓰는 것"[3]이라는 점이다.

무엇이든 완벽하게 해내면 "비난, 비판, 수치심의 고통을 피하거나 최소화할 수 있다는 믿음"[4]이 사람들을 더 완벽주의에 집착하게 만든다. 하지만 완벽이란 신기루 같아서 세상 어디에도 존재하지 않는다.

물론 부족함을 느끼는 건 성장의 동력이 될 수 있다. 문제는 '충분하지 않다'란 느낌이 내면화돼 고착되는 것이다. 브라운에 따르면 '결코 충분하지 않다'란 새로운 바이러스의 백신은 풍요로움이 아니라 충분함이다. 우리에겐 충분함에 대한 자신만의 기준이 반드시 필요하다.

"조금만 덜 먹을걸!"이라는 말을 달고 사는 사람이 있다. 폭식 끝에 남는 건 소화제인데도 멈추지 못한다. 배가 부르다는 느낌은 후행적이다. 충분하다는 느낌을 넘어 만족감에 이르는 순간 속이 더부룩하고, 가스가 찬다. 폭식과 폭음, 과로 역시 충분함에 대한 각자의 기준이 명확하지 않기 때문에 발생한다. 생존하기 위해 불안과 불길함을 느끼는 능력이 과하게 진화한 것에 비해, 만족에 대한 감각은 생존을 넘어선 '안전과 안정'의 영역이기 때문에 애써기를 필요가 없었던 것이다.

우리가 여전히 사랑니처럼 불필요한 기관을 달고 사는 건 진화의 느린 속도 때문이다. 먹을 수 있을 때 양껏 먹어야 굶어 죽지 않는다는 원시인의 뇌가 아직 우리를 지배하는 것이다. 그러나 자다가 굶주린 맹수에게 물어뜯길까 봐 경계하는 건 원시 시대에 어울린다. 이제 우리에게 필요한 건 불안을 벗어나 반대편에 있는 충분함을 알아차리는 능력이다.

'충분하다'란 자신만의 기준을 세우기 위해서 중요한 건 지금의 나를 타인과의 비교 대상으로만 보지 않는 것이다. 자신의 체급과 중량이 어느 만큼인지 아는 게 무엇보다 중요하다. 50킬로그램을 들 수 있는 사람이 100킬로그램을 들려고 노력하다 보면 중단기적으로 심각한 내상과 부작용이 생기기 때문이다. 의식적으로 비교 지옥에서 빠져나오는 기술도 연습해야 한다. 그러기 위해 먼저 알아야 할 것은 비교의 특징이다.

우리는 주로 직업이나 나이, 삶의 방식이 비슷한 사람들을 시기하고 질투한다. 작가는 작가를, 의사는 의사를, 정치인은 정치인을 비교하며 시기한다. 마크 주커버그 같은 사람이라면 모를까 달까지 가겠다는 일론 머스크 때문에 한밤중에 잠이 오지 않을 정도로 화나고 괴로운 사람은 없다. 그래서 특별히 중요한 마감이나 협상, 프로젝트처럼 주의 집중력이 필요한 시기에는 활성화된 자신의 SNS 타임라인을 OFF로 바꾸는 게 좋다. 몰입을 방해하는 불안을 일시 차단하는 디톡스 처방인 셈이다.

SNS는 삶의 여러 측면에서 유효한 정보를 주지만 자신이 진짜로 원하는 것이 무엇인지 파악하는 능력을 빠르게 빼앗는다. 홍수가 닥치면 정작 물이 많아도 마실 물은 없다. SNS도 그렇다. 가장 큰 단점은 자신이 누리는 경험의 가치를 자꾸 폄훼하게 만든다는 점이다. 지나치게 많은 정보와 경쟁 속에서 우리는 종종 나와 타인을 비교하며 자신을 과하게 비하한다.

챗GPT 같은 생성형 인공지능으로 범용 지식이 빠르게 몰락하는 시기에 중요한 건 못하던 일을 웬만큼 해내는 것이 아니라, 잘하는 일을 훨씬 더 잘 해내는 것이다. 그러려면 자신의 단점을 보완하기 위해 시간과 비용을 쓰기보다, 오히려 자신의 강점과 장점에 집중해 빠르게 몰입하는 게 훨씬 더 효율적이다. 그 어느 때보다 타인과의 상향식 비교를 중단하고 자신만의 기준을 갖는 일이 중요하다.

안전지대는 단절과 일시적 중단을 통해 만들어진다. 이때 휴대전화의 '알람'과 '좋아요'는 시간을 조각내고 오염시키는 주요 원인이다. 하지만 화장실에서, 지하철에서, 그 어딘가에서 끝없이 휴대전화를 보며 조각난 시간은 우리의 하루에 거의 계산되지 않는다. 유리처럼 깨진 시간은 쉽게 증발하고 만성적 시간 부족의 큰 원인이다. 만족스러운 삶을 살기 위해 우리에겐 더 큰 '덩어리 시간들'이 필요하다. 방해받지 않는 일곱 시간의 수면, 30분의 산책, 한 시간의 독서, 스마트폰 없이 내 아이의 눈을 보며 집중하는 온전한 30분 놀이 시간 말이다.

카를 구스타프 융은 스승이었던 프로이트와 결별 후, 스위스 취리히 호수 부근 볼링겐 마을에 돌집을 지었다. 융은 그곳을 '탑'이라 불렀고 그곳에서 홀로 지내며 최대한 단순하게 생활했다. 그때 '그림자'라 불리는 인류 무의식에 대한 그의 상상력이 학문적으로 무르익었다. 빌 게이츠는 1년에 두 번, 다이어트 콜라를 가득 채운 냉장고가 있는 통나무집에서 일주일간 아무도 만나지 않고 책만 읽었다. 그는 이 시간을 '생각 주간Think Week'이라 불렀고 마이크로소프트를 직접 경영하며 가장 바쁘던 시절에도 예외 없이 실천했다.

연결이 디폴트값이 된 시대에
단절은 이전과 다른 의미를 지닌다.
이제 단절은 스스로를 지켜낼 수 있는 능력이자 권력이다.

걱정과 생각은 다르다. 생각은 인과관계를 따져 내일을 구체적으로 계획하는 것이다. 하지만 윌 로저스의 말처럼 "걱정은 흔들의자 같아서 계속 움직이지만 아무 데도 가지 않는다." 걱정은 단절시키고, 생각은 확장해야 한다. 할 수 없는 일을 걱정할 게 아니라 지금 당장 내가 할 수 있는 일을 해야 한다. 아직 내일은 시작되지 않았고, 오늘은 끝난 과거가 아니기 때문이다.

소설가 엘리자베스 길버트의 TED 강연에 의하면, 고대 그리스와 로마에서는 인간의 창의성이 신성한 혼, '지니어스Genius'에서 비롯된다고 믿었다. 즉 천재성이 인간에게서 나오는 게 아니라 우렁각시나 지니처럼 벽이나 호리병 안에 숨어 있다가 우리를 돕는 것이라고 생각했다. 그래서 고대 그리스와 로마의 예술가들은 작품이 형편없거나 엉망일 때 자기 비하 대신 "지니어스가 나를 제대로 돕지 않아서 이번 작품은 망했어, 이번 지니어스는 너무 게을러!"라고 푸념할 수 있었다. 반대로 작품이 뛰어나 엄청난 성공을 거둬도 그것을 오롯이 자기 능력이라고 과신하지도 않았다. 뛰어난 지니어스 덕에 위대한 작품을 쓸 수 있었다고 자만하지 않고 겸손할 수 있었다.

나는 이것이 탁월한 심리 전략이라고 믿는다. 길버트의 말처럼 이것은 성과나 실패 모두를 자기 탓으로만 돌리지 않고 심리적 거리를 만든다. 자신에게 거울을 들이대며 과몰입하지 않고 창밖의 다양한 풍경을 볼 수 있는 여유를 준다. 그런 탓에 고대 그리스 시대 예술가들은 자신의 재능을 한탄하며 술이나 도박에 빠지는 대신, 긴 세월 작품 활동에 매진할 수 있었다.[5]

비빌 언덕, 기댈 어깨, 하소연할 지니어스가 있었기 때문이다.

삶에는 내가 어쩔 수 없는 영역이 존재한다. 2022년 러시아와 우크라이나 전쟁을 예상했다 해도 이 전쟁이 이렇게 오래갈 거라고 예상한 사람은 거의 없었다. 세계에서 가장 똑똑한 사람들이 모였다는 미국 연방준비위원회 의장조차 치솟는 인플레이션을 예측하지 못해 고물가로 세계 경제를 파국으로 몰아갔다. 제아무리 준비하고 대비해도 우리 삶은 완벽해지지 않는다.

종교는 이때 우리에게 지혜를 준다. '신의 뜻대로 하소서!'라는 말을 나약한 패배주의나 회피주의로 치부하면 우리가 얻을 수 있는 심리적 편익은 없다. 그 말이 한편으로 우리에게 닥친 상황과 한계를 수용한다는 뜻이기 때문이다. 벌어진 상황의 한계를 수용하면 우리는 "어째서 이런 일이 생긴 거지?"라는 질문 대신 "어차피 벌어진 일이라면 지금 내가 뭘 해야 하지?"라는 다른 방식의 질문을 할 수 있게 된다. 이때 내가 쓰는 방법은 간단하다.

행복을 다행이란 말로 치환해 부르는 것이다.
오른손이 아니라 왼손을 다친 게 얼마나 다행인가!

20여 년을 글로 밥벌이를 하고 있지만 어째서 창작 노하우는 조금도 늘지 않은 것인지, 이렇게 저렇게 고쳐도 '망할 게 틀림없다!'란 불안이 가시지 않던 날, 창작을 하는 친구 셋이 모였다. 한 친구가 괴로워하던 내게 몇 년 전 매일 작업하는 동네 카페에서 어떤 사람을 보고 큰 위로를 받았다는 얘기부터 꺼냈다.

"엄청난 거구의 한 남자가 카페에 들어오더라고. 그날은 원고 읽을 마음도 안 들고 해서 맞은편 그 남자를 관찰했거든. 아! 어찌나 울상을 하고 머리를 쥐어뜯던지! 연신 한숨을 쉬면서 뭐가 그리 심각하던지!" 대화 도중 갑자기 그는 기이하게 해맑은 얼굴로 웃다가 이런 말을 하는 게 아닌가.

"그 거구가 봉 감독이었어!"

그는 천하의 봉준호 감독이 노트북 자판을 원수 두들기듯 치며 괴로워하는 걸 보니, 자신의 괴로움은 참을 만한 것이 되더라는 복음 같은 말을 우리에게 전파했다. 법정 드라마 대본을 쓰며 고통받던 친구와 소설을 연재하며 나날이 메말라가던 나는 그의 말에 물개 박수를 치며 "아! 나만 괴로운 게 아니었어! 나만 쥐어뜯는 게 아니었어! 봉준호도 그렇대!" 할렐루야를 외쳤다.

우리는 살면서 언제 위로받을까. 누군가의 따뜻한 격려에 위로받을까. 역경을 극복한 사람의 성공담을 들으며 마음을 다잡을까. 우리는 성공한 사람의 실패담 앞에서 격렬히 위로받는다. 사람은 참으로 연약하고 한심해서, 나만 힘든 게 아니라 너도 힘들고 같이 힘들다는 걸 알 때 더 큰 위로로 연대한다.

미국 아카데미 시상식에서 4관왕이라는 새 역사를 쓴 봉준호 감독이 종이에 받아 적고 싶을 만큼 멋진 말을 할 때마다 나는 그의 단골 카페, 외로운 구석 자리를 생각한다. 그가 쥐어뜯어 사라졌을 수백, 수천 가닥의 강제 탈락 모발들과 그가 내뱉었을 한숨을 떠올린다. 친구 역시 봉준호 감독과 같은 곳에서 머리를 쥐어뜯으며 자신의 재능 없음을 한탄하다가, 그해 최고의 화제작인 드라마 〈스카이캐슬〉을 연출하지 않았던가. 완벽은 완벽한 허상이다. 우리는 애써 이 사실을 기억해야 한다.

———

큰 수술을 한 친구와 강원도 남부와 경상북도 북부를 여행했다. 첩첩산중이라는 말이 잘 어울리는 굽이진 지형이었다. 친구가 "첩첩산중에 있으니까 참 좋다"라고 여러 번 말했다. 첩첩산중은 힘든 상황을 의미하는 말 같다는 내

말에 그녀는 그래서 더 마음에 든다고 했다. 이미 첩첩산 중에 들어와 있으니 중간쯤에는 도달해 있는 셈이고, 그러니 괜찮다는 것이다.

느긋한 호텔 조식을 먹으며 가을빛이 가득한 창밖을 바라봤다. 아침 일곱 시, 버터를 발라 구운 따뜻한 식빵과 아메리카노 한 잔에도 우리는 얼마든지 행복해질 수 있다. 행복의 '행'은 한자로 '다행할 행幸'이다. 놀랍게도 이것은 '매울 신辛' 자와 많이 비슷하다. 매울 '신'은 주로 고생이나 괴로움을 뜻할 때 많이 쓴다는 것 역시 흥미롭다. 행복과 불행은 어쩌면 동전의 양면처럼 붙어 있는 것 아닐까. 기쁘고 좋은 일만 행복이라 부르는 데 멈추지 않고, 별일 없는 일상에서도 행복을 찾아 다행으로 여기면 우리는 지금보다 더 행복해질 수 있다. 행복도 습관이기 때문이다.

우리는 비범한 삶을 원하는 게 아니다. 우리 모두는 그저 평범하게 살고 싶을 뿐이다. 그러나 언젠가부터 우리가 생각하는 보통과 평범은 어지간한 노력으로는 만들기 어려워졌다. 대한민국에서 '잘 살다'란 말은 이제 부자와 동일해졌다. 반대로 '못 살다'란 말을 사람들은 그저 가난으로 받아들인다.

하지만 '잘살다'란 말에 경제적 의미만 있는 건 아니다.

부자도 잘못된 삶을 살 수 있고, 가난한 사람도 얼마든지 우아하게 살 수 있다. 언어는 존재의 집이며 그 말을 사용하는 존재의 세계관을 드러낸다. 미국과 유럽의 여러 나라에서 중산층의 기준에 아파트 평수나 자동차 배기량 대신, 하나 이상의 악기나 외국어를 다루고, 사회적 약자를 도우며 불법과 부정에 저항하는 힘이 들어가는 이유를 곱씹어 봐야 한다.

사람들은 원하는 모든 것을 갖춰야 행복하다고 느끼지만 충분함에 대한 기준은 저마다 다르다. 이미 충분하지만 만족하지 못하는 사람들은 그래서 파랑새증후군에 시달린다. 늘 '여기'가 아닌 '저기'를 꿈꾸기에 행복이 저 멀리 있는 것이다. 빛이 강하면 어둠이 깊은 것처럼 우리는 그 어딘가 중간지대에서 헤매고 있는지도 모른다. '균형 잡힌 삶'이란 어쩌면 우리의 머릿속에서 만든 허상 같은 것인지도 모른다. 일과 삶의 균형을 뜻하는 워라밸 역시 그렇다.

항공사에는 '로드 마스터Load Master'라 부르는 이 분야의 특수 전문가가 있다. 그들은 늘 균형과 배치를 생각한다. 승객 수, 수화물, 화물량의 무게와 부피에 따라 그때그때 달라지는 상황을 계산해, 무게가 한쪽으로 쏠리지 않게 중심을 찾는 게 이 일의 핵심이기 때문이다.

일본에도 '봇카步荷'라 불리는 특수 직업이 있다. 오제국립공원에서 12킬로미터 떨어진 산장까지 필요한 물품을 나르는 이들은 자신의 키보다 높고, 자신의 몸무게보다 무거운 83킬로그램 이상의 무게를 짊어진다. 어깨를 짓누르는 건 짐의 무게가 아니라 늘 균형이라 부르던 한 봇카의 말이 떠올랐다. 짐을 쌀 때 부피나 무게를 철저히 계산하지 않으면 그 결과가 오롯이 자신에게 온다는 것이다. 그는 분주한 등산객들과 몸을 흔드는 바람 사이를 걷는 동안에도 끊임없이 중심을 생각한다.[6]

깨달음을 얻은 고승조차 24시간 평온한 상태로 있는 게 아니다. 그 순간의 짜증과 화를 의식적으로 알아채고, 잠재우기 위해 호흡하고, 다시 평정을 찾는 반복의 반복일 뿐이다. 청소하지 않으면 먼지는 쌓인다. 마음도 그렇다. 의식적으로 노력하지 않으면 걱정과 불안, 슬픔, 분노는 먼지처럼 쌓인다. 이것이 엔트로피 법칙이다.

결국 균형이란 멈춘 상태가 아니라
맞춰지는 과정이며
우리가 걷는 길,
우리가 등에 멘 짐 무게에 따라
매 순간, 매 시기 바뀌는 건 아닐까.

워라밸 역시 그렇다. 몸이 부서져라 열정적으로 일할 때가 있으면 반드시 쉼으로 보상해야 하는 시기가 도래한다. 끝없는 성장이란 형용모순이다. 쉼 없이는 성장도 없다. 우리에게 필요한 건 지속 가능한 성장이다.

이 시대의 바쁨은 과대평가됐다. 바쁨과 불만족의 인플레이션은 지속 가능한 성장을 저해한다. 바쁨과 불만족의 반대에 서 있는 느린 산책과 독서, 휴식과 충만함은 다시 재평가될 것이다. 이런 세상에서 대체 불가능한 전략은 바쁨 속의 노력이 아니라 오히려 여유와 빈틈을 꾸준히 만드는 것이다.

페르시아의 장인들은 완성된 양탄자에 일부러 작은 결점 하나를 집어넣었다. 완벽한 작품을 만들어 신의 경지에 이르면 신의 노여움을 산다고 믿었기 때문이다. 일부러 새겨 넣은 결점은 이들을 겸손하게 만드는 힘이었다. 만족을 모르는 우리에게 필요한 건 완벽이 아닌 이런 빈틈이다. 적당한 선에서 멈추고 적정한 삶을 사는 것이다.

제주 돌담에는 빈틈이 많다.
틈이 없다면 담은 무너질 것이다.
바람이 지나지 못하기 때문이다.

세상 모든 것에는 빈틈이 있다.

그러나 틈은 결함이 아니다.

약점도 단점도 아니다.

그 틈으로 빛이 들어오고

그 틈은 우리를 숨 쉬게 하기 때문이다.

10부

일

자기 착취와
자기 돌봄

Be yourself. '너 자신이 되라'라는 문장은 지난 20년간 내가 SNS 프로필에서 가장 많이 본 문구다. 나 역시 갈팡질팡 마음이 흔들리던 시절, 이 말을 가슴에 새긴 적이 있었다. 그런데 이 말이 최악의 조언이라고 말한 사람이 있다. 《오리지널스》의 애덤 그랜트는 진정성이란 양날의 검으로, 우리가 오프라 윈프리 같은 지성과 인성을 겸비한 사람이 아닌 이상, 이 말이 매우 위험한 충고일 수 있다고 경고한다.

만약 자신의 감정에 충실하기 위해, 나답기 위해, 하고 싶은 말을 다 하면 어떤 일이 벌어질까. 소설 《빨강머리 앤》에는 앤을 보자마자 '홍당무'라고 말하는 이웃 린드 아주머니가 등장한다. 그녀는 동네 소식을 전하고, 어려움에 처한 사람들을 도와주는 등 여러 장점을 지닌 사람이지만 진정성을 앞세운 결과 이웃에게 많은 오해를 산다. 물론 사람들은 대부분 솔직함을 원한다. 하지만 동시에 솔직함을 싫어한다. 솔직함은 무례함이나 공격성으로 변질 되기 쉽기 때문이다. 그래서 타이밍이 중요하다. 그렇다면 나 자신이 되는 것 이외에 추구해야 할 더 나은 가치가 있을까.

《뉴욕타임스》 인터뷰에서 경영사상가 허미니아 아이바라는 진정성 대신 '성실성'에 집중하라고 충고한다. 그녀에 의하면 진정한 자아 자체가 실은 환상이라는 것이다. 그녀는 내면의 목소리를 찾으려고 애쓰는 것보다 다른 사람에게 보여주고 싶은 '외면'을 찾으라고 말한다. 먼저 외면의 자아를 만들고, 그런 사람이 되기 위해 노력하라는 것이다.

생각하고 행동하는 것이 아니라
행동을 통해서 새로운 사고방식을 얻는 식이다.

힘들어도 웃다 보면 즐거워지는 것처럼 행동은 뇌를 점점 변화시킨다. 이때의 성실함은 관찰과 행동을 전제한다. 되고 싶은 워너비를 세세히 관찰하는 것이다. 복잡한 얘기처럼 보이지만 이 말을 그랜트식으로 정리하면 이렇다.

너 자신이 되지 말고
바로 네가 되고 싶은 사람이 되어야 한다!

이 말을 미래의 일잘러들에게 내가 들려주고 싶은 충고로 변환하면 이렇다.

프로가 되고 싶다면
먼저 프로처럼 행동해야 한다.

———

《일을 잘한다는 것》의 야마구치 슈는 프로 일잘러를 "이 사람이면 안심하고 맡길 수 있다. 이 사람이 아니면 안 된다는 생각이 드는 사람"[1]이라고 정의했다. 그는 프로야구 선수를 예로 들며 "'빠른 볼'을 던지는 사람이 프로가 아니라, '빠르게 보이는 볼'을 던지는 사람이 진짜 프로"[2]라고 말한다. 투수의 전략은 결국 조합의 문제라는 것이다. '빠르게 보이는 볼'이라는 말은 프로가 되고 싶은 사람에겐 상징적인 키워드다.

열심히 일하는데
일 못하는 사람처럼 보인다면 무슨 소용인가.

여기서 일의 효율성, 즉 어떻게 하면 '일 잘하는 사람처럼 보일 것인가'란 문제가 대두된다. 저자에 따르면 투수가 "첫 번째 볼은 바깥쪽으로 크게 휘는 슬로커브로 던지면, 두 번째 높은 볼을 던졌을 때 직구가 훨씬 더 빠르게 보인다."[3] 뛰어난 타자라도 실제보다 낙차가 크게 느껴지는 볼을 치는 건 어렵다. 그렇다면 빠른 볼을 던지는 것과 빠르게 보이는 볼을 던지는 것에는 어떤 차이가 있을까. 내 의문에 대해 한 마케팅 전문가가 선문답처럼 대답했다.

사람들이 정말 좋아하는 건
새로운 것이 아니라
'새로워 보이는 것'이라고.

어떤 분야든 프로가 되려는 사람들은 이 말을 잘 이해해야 한다. 특히 작가 계통의 일을 하는 사람이라면 대중들이 어째서 클리셰를 비난하면서도 재벌이 등장하는 미운 오리 새끼 이야기나 신데렐라 스토리에 빠지는지 알아야 한다.

사람들은 낯선 행성이 등장하는 SF에 열광하지만 그곳에서 그들이 정작 보고 싶어하는 건 '모성의 귀환'(〈에일리언〉 시리즈)이나 '애증의 부자 관계'(〈스타워즈〉 시리즈)처럼 우리에게 익숙한 갈등이다.[4] '낯선 행복'보다 '익숙한 불행'을 선호하는 인간의 편향성이 여기서도 작동하는 셈이다. 〈환상특급〉과 〈토르: 천둥의 신〉의 작가 J. 마이클 스트라진스키식으로 정리하면 이렇다.

사람들은 새로운 것이 아니라
새로워 보이는 것,
'낯선 클리셰'에 열광한다.

—

오랫동안 내 마음을 끄는 흥미로운 주제 중 하나는 '순서'에 대한 것이었다. 가령 아이스크림 위에 신선한 과일을 한가득 넣으면 아이스크림은 건강해 보인다. 하지만 과일을 먹다가 덜 달게 느껴져 아이스크림을 몇 스쿱 넣으면 갑자기 과일의 맥락이 바뀌며 건강하게 느껴지지 않는다. 달라진 건 없다. 순서 하나가 바뀌었을 뿐이다. 하지만 해석은 180도 달라진다. 아이를 안아준 후 따끔하게 혼을 내는 것과 혼을 낸 후 따뜻하게 안아주는 것 역시 그렇다.

구글은 어떤 회사보다 사내 카페테리아가 좋기로 유명하다. 하지만 직원들의 평균 몸무게가 급격히 증가하자 행동심리학자를 고용해 더 건강한 음식을 먹을 수 있도록 음식을 놓는 순서와 스낵 코너의 동선을 바꿔 무의식을 새로 디자인했다(동선 변화로 직원들이 커피를 마시면서 무의식적으로 쿠키를 계속 집어 드는 일이 줄어들었다). 그들은 카페의 4인용 테이블을 10인용으로 바꾸었다. 이 조치만으로 직원들 간 대화량이 늘어 회사의 생산성이 10퍼센트 향상되었다.[5]

내가 일하는 출판계의 경우 일의 순서가 바뀌고 있다. 연재를 하고, 연재한 원고를 묶어 책을 내고, 책을 바탕으로 강연을 하던 기존의 방식에서 영상의 조회 수나 반응에 따라 단행본을 만드는 경우가 늘어난 것이다. 출판사들이 유튜브 크리에이터들을 저자로 섭외하는 일이 많아진 건 일의 순서와 방식, 속도가 바뀌었기 때문이다.

이제 모든 것을 다 하는 게 아니라,
중요한 어떤 것을 빠르게 실행하는 게 더 중요해졌다.
실패는 빠를수록 좋다.
숙고의 시간이 길어지면 기회 자체가 사라지기 때문이다.

시도하지 않고 관망하는 것 자체가 리스크인 시대다. 변화의 속도가 빨라졌기 때문이다. 그 속도 때문에 예측은 이전과는 다른 의미로 쓰이기 시작했다. 이런 시대엔 실패 역시 재정의해야 한다.

'실패=이생망'의 정서 대신
'실패=성공할 가능성을 높이는 과정'이라는
새로운 공식을 내면화하는 것이다.

인도의 삼성이라 불리는 타타나 구글 같은 기업은 '올해의 실패상'을 제정해 매년 실패를 독려한다. 실패를 예외

적 옵션이 아니라 늘 존재하는 디폴트값으로 상정했기 때문이다. 2002년 한일 월드컵을 목전에 두고 거스 히딩크 국가대표 축구팀 감독은 프랑스나 체코 같은 강팀과 붙어 연달아 5:0 패배를 기록하며 수많은 축구 팬들의 원성과 악플에 시달렸다. 빤히 질 것을 알면서 그가 강팀을 고집한 건 월드컵에서 실제 어떻게 플레이해야 이길 수 있는지 알기 위한 과정이었다. 이기기 위해 설계된 처참한 패배였던 셈이다.

> 우리는 히딩크의 첫 번째 별명이
> 영광의 '히동구'가 아니라
> 실패뿐인 '오 대 영(5:0)'이었음을 기억해야 한다.

———

짧게는 한 달, 길게 1년 이상 걸리는 프로젝트를 해내는 가장 좋은 방법은 복잡한 일을 최대한 단순하게 만들어 구간별로 나누어 실행하는 것이다. 지금 이 책을 쓰고 있는 나도 챕터 별로 구간을 나누어 매일 한 걸음씩 나아가고 있다. 그렇게 하면 중간에 포기하는 일이 적어진다. 에밀리 발세티스의 《관점설계》에는 목표를 이루기 위해 필요한 기술이 다양하게 등장하는데,[6] 42.195킬로미터를 달려야 하는 마라토너가 구간별로 가져야 하는 전략은 각기 다르다.

앞선 주자 바라보기는 대표적인 '관점 좁히기 전략'으로 앞에서 노란색 머리띠를 두르고 달리는 선수를 제치면 새로운 표적을 정해 앞서는 식으로 최종 목표를 잘게 나누는 것이다. 산 정상만을 보며 등반하면 숨이 막히지만 반경 안에 있는 소나무나 너럭바위까지만 가겠다고 결심하면 힘이 덜 드는 것처럼 말이다.

토익 800점 이상을 90일 만에 달성하기 위한 단기 목표, 해외 본사 팀 직원들과 자유로운 영어 의사소통을 하기 위한 장기 목표. 이 두 가지 목표에는 '시야 좁히기'와 '시야 확대'처럼 각기 다른 전략이 필요하다. 일간 단위보다 월간 단위로 공부한 학생들의 시험 성적이 훨씬 높다는 연구 결과도 있다. 발세티스는 특히 "시야 확대는 일을 마무리 짓는 데 필요한 요소들을 과소평가하는 성향"을 극복하게 만든다고 설명한다.[7]

우리는 자신의 프로젝트 완성에 실제로 걸리는 시간을 예측해 계획을 짜는 데 유난히 취약하다. 돌발 변수 때문이다. 실제 시드니 오페라하우스는 예상보다 10년이나 더 걸려 완공됐고, 141년째 건축 중인 스페인 바로셀로나의 사그라다 파밀리아 대성당은 2026년 완공이 목표였지만 코로나19라는 복병을 만나 시간과 사투를 벌이고 있다. 이와 유사한 사례는 헤아릴 수 없이 많다. 그러므로 계획에는 돌발변수를 고려한 옵션이 반드시 필요하다.

2022년 카카오 데이터센터에 돌발변수가 생겼다. 예기치 않은 화재로 전 국민의 불편함이 가중되었다. 이때 넷플릭스의 위기 대응 전략이 화제가 되었다. '카오스 몽키, 카오스 고릴라, 카오스 (킹)콩'으로 구분된 이 위기 단계는 실시간으로 오류를 집어넣거나 일시적으로 데이터센터의 전원을 꺼서 얼마 만에 복구가 되는지를 살피는 위기 대응 전략이다. 철저한 이중화, 삼중화 전략으로 가령 일본에서 문제가 생기면 인근 홍콩이나 싱가포르의 데이터센터에서 즉각 대응 조치가 취해지도록 설계한 위기관리 시스템이다. 실력은 위기 때 드러난다. 큰 성공이 많은 흠결을 덮기 때문이다.

작가라면 자신이 쓴 책이 베스트셀러가 된 이후에 진짜 실력이 드러난다. 우연히 찾아온 성공 후에도 그 일을 지속할 수 있는지가 관건이다. 점이 모여 선이 되고 그것을 경력이라 부르려면 업계에서 살아남아야 하기 때문이다. 프로 일잘러가 되기 위해 각오가 필요한 건 이 지점에서부터다. 회사원이라면 해고되지 않고, 장사를 한다면 폐업하지 않고 유지하는 능력을 키워야 한다. 넓은 공간, 화려한 인테리어 같은 거창함은 생각보다 중요하지 않다. 레스토랑 기사를 쓰던 시절, 내가 취재했던 수많은 '장사의 신'의 대답도 이와 비슷했다. 그들의 원칙은 명료했다.

한 번 온 손님이 다시 오게 만든다.
이 첫 번째 원칙을 위해 필요한 서비스 전략을 세운다.
바로 적용하고 피드백을 통해 계속 보완한다.

내 경우 지금까지 가장 중요하게 생각하는 성과의 첫 번째 기준은 원고 청탁을 받은 매체로부터 재청탁을 받는 것이다. 방송을 하거나 책을 냈다면 그 방송국, 출판사와 한번 더 협업하는 것이다. 그 사람과 다시 일하고 싶다는 것, 나아가 그 사람이 아니면 안 된다는 생각은 이미 그 사람의 실력이 검증됐다는 의미다.

자신이 하는 일을 '다시 프레이밍Reframing' 하는 것도 중요하다. 존 F. 케네디 대통령이 나사를 방문하던 중 만났던 직원은 직무가 무엇인지를 묻는 대통령에게 "인류를 달에 보내는 일을 돕고 있습니다!"라고 대답한다. 예상외로 그의 직업은 천체물리학자나 엔지니어가 아니라 환경미화원이었다.

이 일화는 내게 미국의 한 버스 운전기사들이 자신의 직함을 '안전 대사'로 바꾸어 부르기를 결정한 순간 일어났던 일을 연상시켰다. 운전기사라는 기능적 직무가 승객들

을 안전하게 집으로 귀가시키는 일로 변환되자 기사들의
태도가 달라진 것이다. [8]

세상 모든 일은 결국 태도의 문제다. 맞벌이 아내의 육아
를 '돕는 것'이 아니라 내가 '하는 것'이며, 아이와 '놀아주
는 것'이 아니라 함께 '노는 것'이다. 수동이 능동이 될 때,
비로소 우리는 부름에 '응답하는 능력Response+Ability'이라
는 뜻을 가진 '책임감Responsibility'을 갖게 된다. 그 사람이
라면 어떤 일이든 믿고 맡길 수 있다는 책임감 말이다.

좋은 일과
좋은 직업은 다르다.

좋은 일이란 내가 누구이며, 지금 어디에 있으며, 미래
에 어디로 향해 가고 있는지를 말해준다. 자신의 직업을
생계, 커리어, 소명으로 나누어 조사한 미국 미시간대학교
심리학과 연구팀의 연구 결과에 의하면, 자신이 하는 일을
소명으로 생각하는 사람들의 숫자는 예상외로 많다. 결코
처우가 낮은 일에 대한 자기 합리화가 아니란 뜻이다. 우
주 비행사, 천체물리학자, 환경미화원, 건물 관리인, 그들
은 나이도, 인종도, 직업도 모두 달랐다. 하지만 그들은 모
두 같은 일을 위해 있는 힘껏 노력했다. 그것은 인류를 최
초로 우주로 보내는 일이었다.

전 세계적 반향을 불러온 스티브 잡스의 스탠퍼드대학교 연설에 의문을 제기한 사람이 있다. 만약 젊은 시절의 잡스가 스스로 얘기한 '열정을 좇으라!'란 조언에 따라 오직 자신이 사랑하는 일만 추구했다면 인도 사상에 심취했던 그는 "젠禪센터에서 가장 유명한 강사가 되었을지 모른다는 것"[9]이다.《열정의 배신》에서 칼 뉴포트는 청년의 "64퍼센트가 '직업에 매우 불만족'이라고 답했다는 점"[10]을 지적하며 세대를 넘어선 '열정 중심의 커리어 관리 전략'의 문제를 말한다.[11]

만약 일에 대한 열정이 우리를 배신했다면 직업에서 가장 중요한 건 뭘까. 다양한 직업군을 조사한 결과, 누가 자신의 일을 천직으로 여기는지 예측하는 강력한 지표가 있었다.

그것은 '근무 연수'였다.

더 오래 일한 사람일수록 자신의 일을 사랑하는 사람이 더 많았다.[12] 눈여겨봐야 할 지점은 몰입이 일어나는 데 가장 중요한 요소 역시 '능숙함'이라는 것이다. 달리기든 글쓰기든 춤이든 악기 연주든 능숙해질 만큼 반복하면 만족도가 상승한다. 숙련되는 과정에서 비로소 '해야 할 일'

이 '할 수 있는 일'이 되고, 나아가 '잘하는 일'이 되는 것이다. 이것은 일을 '통제할 수 있다'란 자신감과 충만한 행복감으로 이어진다.

능숙함이야말로
싫어하는 일이 좋아지는 비밀이다.

만약 지금 다른 꿈을 꾼다면 기존 커리어와의 연결성을 반드시 고려해야 한다. 가령 출판 쪽의 일을 하다가 갑자기 발레에 심취해 발레 학원을 열거나 강사로 성공한다는 건 커리어 자산 이론의 관점에서 도박에 가깝다. 무엇이든 능숙해지기까지 많은 시간이 걸린다. 못하는 걸 잘하는 게 아니라, 잘하는 일을 점점 더 잘하게 될 때 전문가가 된다는 걸 아프게 기억해야 한다.

좋아하는 일이 무엇인지 모르겠다고 말하는 사람들에게 내가 건네고 싶은 위로는 이것이다. 어떤 일을 좋아하는 데 필요한 게 꼭 열정은 아니다. 세상엔 자기 꿈이 무엇인지 모른 채 먹고사는 일이 급해 직업부터 갖게 된 사람들이 훨씬 더 많다. 프로파일러 권일용을 인터뷰했을 때, 그의 얘기가 딱 그랬다. 당장 먹고사는 일 때문에 그 일을 선택했고, 꾸준히 하다 보니 능숙해졌고, 결국 작은 보람을 느끼며 그 일을 하다 보니 소명의식도 갖게 됐다는 것이다. 몰입이 잘되는 성격적 유형에 '성실성'이 포함되는 건 그런 이유다.

———

2013년 한 신문에서 다양한 업계의 성공한 남자들을 만나 인터뷰할 때 나는 인터뷰 말미에 공통 질문을 던졌다. '삶에서 가장 소중하다고 생각하는 게 무엇인가.' 흥미로운 건 그들의 대답이 모두 비슷했다는 것이다. 이들에게 가장 소중한 가치는 '돈'이 아니라 '시간'이었다. 이들은 돈이 아니라 가치 있게 보낸 시간이 삶의 모든 영역을 바꾼다는 걸 꿰뚫고 있었다.

처음부터 일을 잘하는 사람은 거의 없다. 시행착오를 통해 일하는 감각을 꾸준히 키워온 경우가 대부분이다. 호수 위에 떠 있는 우아한 백조의 정신 사나운 다리를 상상해보라. 큰 부자가 됐다고 말하는 사람들의 발도 비슷하다. 다양한 업계에서 성공한 선배들이 내게 해준 가장 솔직한 조언은 "그 일을 정말 잘하고 싶다면 자신의 최대치에서 한 번 더 시도하라!"라는 말이었다. 고치고 고쳐서 도저히 더는 고칠 수 없다고 생각했을 때, 한 번 더 고치는 게 프로라는 뜻이었다.

쉽게 쓴 것처럼 읽히는 글을 쓰기 위해
쉽게 부르는 것처럼 들리는 노래를 부르기 위해
얼마나 많은 퇴고와 연습이 필요한지
사람들은 쉽게 알지 못한다.
그래서 '자연스러운'이라는 단어는
프로가 듣는 최고의 상찬 중 하나다.

나 역시 처음에는 열정이 좋아하는 것을 향해 돌진하는 '뜨거운 무엇'이라고 착각했다. 하지만 지금은 열정이 '냉철한 각오'라는 걸 안다. 헤밍웨이는 "'자만하지 않으려고' 그날 쓴 단어의 수를 기록했다."[13] 《롤리타》의 작가 블라디미르 나보코프는 "줄이 쳐진 색인 카드에 연필로 초고를 작성하고, 그 카드들을 길쭉한 파일 박스에 보관했다."[14] 가장 흥미로운 사람은 평생 425편의 책을 쓴 조르주 심농이다. 그는 소설 한 편을 완성하는 데 필요한 땀의 양을 정확히 1.5리터라고 생각했다. 그의 리추얼은 작품을 시작하기 전과 끝낸 후 체중을 재는 것이었다.[15]

글을 잘 쓰고 싶다면 당장 펜을 들고 써야 한다. 글을 쓸 때 상상력이 가장 활발히 작동하기 때문이다. 물속에 있는 사람은 '물이란 무엇인가! 어떤 물질로 이루어졌는가!'를 묻지 않고 수영한다. 중요한 건 변화와 성장을 믿는 태도다. 다만 변화가 천천히 온다는 걸 알아야 한다. 변화란

소나기 쏟아지듯 한순간 젖는 게 아니라, 앞이 보이지 않는 짙은 안개 속을 몇 시간이고 헤맨 듯 서서히 젖는 것이다. 그것이 내가 열정을 '서늘한 인내심'이라 부르는 이유다. 좋아하는 것을 하기 위해 좋아하지 않는 것을 더 많이 해본 사람, 우리가 그들을 프로라고 부르는 이유다.

———

집에 돌아왔는데 퇴근하고 싶은 마음을 누구나 안다. 피곤해하는 것도 피곤하고, 지치는 것도 지쳤다는 느낌. 이 동어반복의 아이러니가 극에 달했을 즈음 열심히 살지 말자고 권유하거나, 보람보다 야근 수당을 달라는 유의 책들이 쏟아져 나오기 시작했다. 팬데믹 기간을 휩쓴 대퇴사의 시대 이전부터 세상을 향한 젊은 세대의 울분은 여기저기 울려 퍼졌다.

하지만 주 6일 근무(토요일 오후 한 시 퇴근)와 야근이 디폴트값인 시절을 보낸 세대가 보기엔 MZ세대는 권리만 있고 의무는 잊은 무책임한 세대다. 긴급 상황에도 칼퇴를 외치고 정당한 업무 관련 지시에도 꼰대 딱지를 붙인다며 억울함을 호소한다. 업무 파악을 제대로 못 해도 징검다리 휴일엔 반드시 연차를 쓰고야 마는 집요한 성실함이 대체 언제 업무에도 적용될지 모르겠다는 X세대 김 부장의 하소연에 '좋아요' 몇백 개가 순식간에 붙는 이유다.

MZ세대가 보기에 베이비부머세대나 X세대는 자기 무능력을 종종 팀원에게 떠미는 월급 루팡이거나 말끝마다 주인의식 운운하는 피곤한 꼰대다. 글로벌 긴축과 저성장으로 고통받는 세대에겐 급성장기에 태어나 자산 대부분을 독차지하는 베이비부머세대는 거칠고 탐욕스럽게 보인다. 뉴스와 기사만 보면 세대 갈등은 이미 건널 수 없는 강을 건넌 것처럼 보인다. 이 갈등은 '성실 대 불성실' '공정 대 탐욕'의 대립처럼 보이지만 정치권과 언론이 부추기는 면이 크다.

개인주의와 이기주의는 다르다.
열정과 노동 착취는 다르다.
세상엔 젊은 꼰대와 나이 든 혁신가가 뒤섞여 있다.

세대 갈등은 조선 시대, 로마 시대, 할 것 없이 어느 시대에나 잘 팔리는 마케팅 상품이다. 하지만 목소리 큰 과잉 대표성에 의해 확대 재생되는 프레임에 갇혀 있는 한, 우리는 평생 서로를 이해하지 못한다. 서로가 서로를 미워하는 동안 성실과 근면, 꾸준함 같은 가치가 구시대적인 냄새를 풀풀 풍기며 과거의 미덕으로 사라졌고, '대충' '열심히 하지 말고' '딱 받은 만큼만' 일하자는 물결이 새롭게 밀려왔다. '이른 은퇴'와 '대퇴사의 시대'를 넘어 '조용한 퇴사'까지 다양한 신조어들이 대량으로 쏟아졌다.

워라밸은 중요하다.
하지만 균형이 '대충'을 의미하진 않는다.

인생은 막살아도 되는 게 아니다. 대충 살아서도 안 된다. 인생을 두 번 살 수 있다면 연습을 통해 한 번의 기회를 더 얻을 수 있다. 하지만 우리는 딱 한 번만 산다. 많은 것이 빠르게 변하는 시대에 중요한 건 오히려 '변화하지 않는 것'임을 알아야 한다. '있는 그대로의 나'를 사랑하자는 말 속의 자기기만을 깨달아야 한다. 그렇지 않다면 우리가 왜 매해 지키지도 못할 새해 결심을 하고 수없이 계획을 세우겠는가.

때론 나도 모르겠는 우리 마음 깊은 곳에는 '지금보다 나아지고 싶은 나'가 있다. 그러나 막연히 "내 생각에는 이런 걸 잘하는 것 같아"란 말은 직업의 세계에선 충분치 않다. 일에 있어 자기 강점은 자기만족이 아니라 일을 함께 하는 사람의 만족이고, 나아가 그 서비스를 이용하는 사람들의 만족이기 때문이다.

재방문, 재발주, 재구매, 중쇄는 이때 중요한 지표다. 이

미친 변화의 속도에도 내가 천만다행이라 여기는 건 모든 과정이 시스템적으로 투명해지고 있다는 점이다. 이런 세상에서 나의 무능과 무지를 숨길 곳은 빠르게 삭제된다. 남의 성과를 빼앗거나 일 잘하는 사람에게 대충 묻어가던 암체들의 시대가 점점 저물어가고 있다.

———

나는 출판, 서점, 광고, 방송 등 비교적 다양한 일을 하며 살았다. 그 과정에서 수많은 프로 일잘러 선후배를 만났고, 그들의 성공과 영광을 지켜보며 그들처럼 되고 싶다는 열망에 나를 끝까지 밀어붙일 때도 많았다. 문제는 40대를 넘어가면서부터 이들에게 하나둘 포착된 이상 신호였다. 살면서 두 번 겪고 싶지 않은 사건은 어느 날, 예고 없이 찾아온다.

촬영 중 뇌혈관이 터지고 나서야 몇 달을 쉴 수 있었던 드라마 감독에서 원인 불명인 채 1년 가까이 하반신이 마비됐던 선배까지 내 주위에는 고장 난 브레이크로 끝없이 달려온 사람이 많다. 이들이 대표, 본부장, 전무, 팀장, 감독, 유명 유튜버라는 직위와 직업으로 이룬 성과는 상상 이상이었다. 하지만 환자복을 입는 순간 그 사람의 명함이 무엇이었든 우리 모두가 평등하게 처량하고 유약해진다는 걸 그때 알게 됐다.

폴 매카트니와 존 레넌이 〈일주일에 8일Eight Days a Week〉이라는 곡을 쓰게 된 건 우연이었다. 매카트니는 그 즈음 시골에 살았기 때문에 레넌과 작업하기 위해서 택시를 타고 그의 집으로 가는 중이었다. 그때 매카트니가 운전사에게 어떻게 지내느냐고 인사차 건넸던 말에 대한 답이 꽉 막혀 있던 창작에 한 줄기 빛이 되었다.

"아! 죽어라, 일만 했죠. 일주일에 8일씩이요!"

일주일에 8일! 그의 머리 위로 신성한 뮤즈가 내려앉았고 달리는 차 안에서 명곡이 탄생하는 순간이었다. 하지만 내 관심을 끄는 건 창작의 비밀이나 매카트니의 천재성이 아니다. 일주일에 8일씩 일했다고 말한 운전사다. 그는 어떻게 지냈을까? 여전히 택시 운전을 하고 있을까? 일주일에 8일씩!

이제 프로에 대한 우리의 생각을 바꿔야 한다. 진짜 프로는 자신의 일뿐 아니라 몸과 마음을 돌보는 일에도 관심을 기울여야 한다. 일을 오래 하는 것과 일 잘하는 것을 혼동해서는 안 된다. 일 잘하는 것을 일 중독과 연결해도 안 된다.

가장 무서운 건 끊임없는 자기 착취다.
자기 착취를 내면화하면
자기 파멸은 자동 모드로 진행된다.
프로 일잘러의 정점에 있을 때,
역설적으로 기억해야 할 건 자기 돌봄이다.

일곱 시간 수면. 주말 휴식. 오후 열 시 이후 디지털 디톡스. 이것이 내가 정한 적정선이다. 이 중 한두 가지만 지킬 수 있어도 삶의 질은 확실히 나아진다. 내 인생에서 가장 바쁘던 2016년, 나는 하루를 24시간이 아닌 23시간으로 재정의했다. 핑계를 만들지 않고 무조건 발레 수업에 가기 위해서였다.

일을 잘한다는 건 단기적으로 성과를 내는 것이지만
장기적으로는 그 분야에 오래 살아남는 걸 전제한다.
경력이 무르익어갈수록 일의 적정선을 긋는 게 중요하다.

⸻

'가면증후군'이란 흥미로운 현상이 있다. 심리학자 폴린 클랜스와 수전 임스가 만든 이 용어는 성공한 사람들이 자신의 성공이나 성취를 순전히 운이나 타이밍 때문이라고 느끼며 '과소평가'하는 경향을 뜻한다. 사람들이 스스로 자신을 '과대평가'하고 있다고 믿는 것이다.

이 내용을 마주한 순간 속마음을 들킨 것 같았다. 나는 여전히 방송하는 나, 칼럼 쓰는 나, 강연하는 나 자신이 낯설 때가 많다. 사람들이 내가 한 말을 메모하고 있으면 덜컥 겁이 난다. 이런 감정은 겸손과는 무관한 마음의 '혹' 내지 '껌'이다. 떨칠 수 없는 불안감이 늑골이나 췌장 어디즘에 눌어붙어 있기 때문이다. 그래서 매일 읽고 쓴다. 내 경우 마감 직전의 불안감이 아드레날린을 뿜으며 좋은 원고로 이어지는 게 아니라, 망작으로 엎어지는 경우가 많아서다.

매일 쓰는 루틴이 있지만 어느 날 칼럼 마감을 한 시간도 남기지 않고 뻗어버렸다. 눈에 초점이 맞지 않아 아무리 원고를 들여다봐도 활자가 뭉개졌다. 피가 날 정도로 손톱을 물어뜯다가 우연히 이전에 써놓은 원고들을 발견했다. 컨디션이 좋던 날 미리 써두었던 원고였다.

이다혜의 《출근길의 주문》에서 내가 가장 좋아하는 문장은 "내가 얻은 좋은 기회는 과거의 퍼포먼스의 결과"[16]다. 과거의 내가 부단히 노력하여 오늘의 내가 되었기에 지금의 나는 과거의 나에게 고마워해야 한다는 말이었다. 아! 미리 써놓은 원고를 보니 현재의 내가 과거의 나를 마구 칭찬하고 싶었다.

스티븐 킹과 시드니 셀던의 광팬이었던 어린 시절, 나는 어떻게 한 인간이 이토록 길고 복잡한 소설을 그토록 줄기차게 써낼 수 있는지 늘 궁금했다. 그래서 작가들에게는 그들만의 창작의 비밀이 있을 거라 믿었다. 하지만 소설가가 된 후, 정작 소설 쓰는 일에 대해선 잘 말하지 않게 됐다. 글 쓰는 일이 사람들이 흔히 생각하는 뮤즈나 영감과 무관한 일이라는 걸 알아버렸기 때문이다. 아이디어나 작법이 중요한 건 사실이다. 그러나 작품을 꾸준히 쓰려면 작법보다 태도가 훨씬 더 중요하다. 글 쓰는 걸 좋아하는 것과 글을 써서 밥을 먹고 사는 일은 전혀 다른 부류의 일이기 때문이다.

내 경우 좋아서 쓴다기보다 쓰지 않으면 견딜 수 없으니 쓴다. 언제 써질지 모르니 불안해서 쓰고, 앞으로는 쓸 수 없을 거란 예감에 시달리니 쓰지 않을 수 없다. 간절함은 자신이 가진 능력을 증폭시키는 힘이 있다. 배우 윤여정도 "가장 연기가 잘될 때는 돈이 없을 때"라고 말하지 않았던가. 책상 앞에 앉으면 막막함에 불안이 차오르지만, '일단 3매만 쓰자. 오늘은 썼으니 내일도 쓸 수 있을 거다'란 생각으로 꾸역꾸역 쓴다. 하루하루 쓰는 시간의 조각들이 모이면 간신히 책이 된다.

"가슴이 시키는 일을 하라"는 스티브 잡스의 말은 우리를 꿈꾸게 하지만 현실에선 잘 작동되지 않는다. 글이 쓰고 싶어서 아침마다 눈이 번쩍 떠진다는 작가를 나는 이제껏 단 한 명도 만나본 적이 없다. 그러니 작가는 '영감'이 아니라 '마감'의 힘으로 쓰는 사람이다. 이것이 수많은 작품을 줄기차게 써내는 작가의 비밀이며 이 업계의 일이다. 그것이 내가 새벽 네 시 알람을 맞춰놓고, 새벽 세 시에 일어나 부스스한 얼굴로 이 원고를 고치고 또 고치는 이유다.

소설가 폴 오스터는 길에서 우연히 만난 꼬마 팬에게 사인해줄 연필이 없다는 걸 깨달은 후, 주머니에 늘 연필을 가지고 다닌다. 주머니에 연필이 있으면 언젠가 그 연필을 쓰고 싶은 날이 올 거라고 믿기 때문이다. 나는 매해 새 노트를 산다. 당장 쓰지 않아도 언젠가 쓸 글을 위한 새집을 사는 마음으로 말이다. 나만의 작은 원칙이 생긴다는 건 내가 주인이 되어 일하고 있다는 걸 의미한다. 회사원이든, 자영업자든, 프리랜서든 그 어떤 일을 하든 마찬가지다.

나는 상처 수집가다.
세상에 파묻힌 작은 목소리를 듣고
쓰는 게 내 주요 업무다.

지금 내 위치는 어디인가. 나는 어디까지 가고 싶은가.

그 자리에 놓인 가구와 음식, 음악, 향기, 함께 앉아 있는 사람들의 표정과 인상을 눈에 보이는 것처럼 떠올린 적이 있는가. 그곳까지 가기 위해 내가 가진 강점과 결함, 원칙은 무엇인가. 자신이 하는 일을 자신만의 언어로 정의할 수 있는가. 그렇다면 당신은 이미 프로다.

11부

공감

악의로 파괴되거나
선의로 부드러워지거나

시간 활용에 매우 엄격한 빌 게이츠가 꼽은 '내 평생 읽은 가장 중요한 책'은 스티븐 핑커의 《우리 본성의 선한 천사》다. 1,400페이지가 넘는 이 벽돌 책은 수많은 역사적 사료와 학문을 통섭하는 방대한 자료를 통해 우리 시대의 폭력이 점점 줄어들고 있음을 증명한다.

바로 여기서 내 의문이 시작됐다. 이 많은 통계와 역사적 사실에도 왜 나는 폭력이 전혀 줄지 않았으며 오히려 더 늘고 있다고 생각할까. 학교폭력 관련 뉴스가 뜰 때마다 친구들끼리 하는 말은 "우리 때는 저 정도는 아니었어!"다. 내 기억에도 소위 '날라리'라 부르는 친구들이 있긴 했지만 그 친구들이 반 아이들을 괴롭힌 일은 딱히 없었다. 하지만 요즘 내 눈에 띄는 기사는 온통 어그로성의 자극적이고 선정적인 것들뿐이다.

중요한 건 팩트가 아니다.

우리가 그것을 느끼는 방식이다.

우리는 이제 스마트폰과 SNS라는 툴로 세상을 바라본다. 정확히 말해, 알고리즘이 우리를 인도하는 방식으로 세상을 바라보기 시작했다. 가짜 뉴스는 진짜 뉴스보다 여섯 배 더 빨리 이동한다는 연구도 있다. 거짓이 진실보다 빠르게 퍼지는 이유는 인류가 진화상의 이유로 '혐오, 전쟁, 주식 대폭락, 성범죄' 같은 단어에 즉각 반응하기 때문이다. 과거 '정인이 사건'이나 'JMS 사건'이 핵폭탄이 돼 모든 뉴스를 빨아들이는 건 그것이 국민적 공분을 일으켰기 때문이다.

스타의 결혼과 이혼 기사, 주식 폭락과 폭등 기사가 동시에 뜬다면 사람들은 어떤 기사를 더 많이 클릭할까. 결혼보다 이혼, 브이v 자 반등보다 공포의 폭락장에 더 관심을 가진다. 수많은 선플 속에 단 하나의 악플만 있어도 그것은 칼처럼 우리를 찌른다. 불행히 우리에겐 선천적 악플 편향이 있다.

편향은 중독의 전제 조건이다. 코로나19 이후, 메타버스에서 챗GPT까지 부상하면서 스마트폰 의존도는 이전보다 더 높아졌다. 이제 네이버, 쿠팡, 유튜브, 넷플릭스 없이 사는 삶을 상상하기 힘들다. 중독은 인류의 가장 취약한

고리다. 도파민은 중독에 관여하는 중요한 호르몬인데 알고리즘은 끝없이 우리 주위로 도파민 범벅의 자극적 영상과 어그로성 기사를 퍼 나른다.

중독은 '예측 불가능성'을 먹고 자라난다. 중독 산업의 대명사인 카지노의 잭팟처럼 SNS의 좋아요와 구독, 댓글은 언제 어떻게 터질지 모르는 예측 불가능성이 특징이다. 우리가 소위 나쁜 남자와 여자에 쉽게 빠지는 것도 이들이 주는 사랑이 예측 불가능하기 때문이다. 가까워진 듯하면 멀어지고, 어떤 날은 천국이었다가 갑자기 지옥인 롤러코스터형 연애는 큰 낙폭만큼이나 사람을 현기증 나게 만든다. 어떤 사람들은 이 아찔한 낙폭을 사랑으로 착각한다. 하지만 이는 자신을 갉아먹는 유해한 사랑이다. 예측 불가능한 상대에게서 쉽게 벗어날 수 없기 때문이다. 나쁜 사랑이 중독적인 이유다.

나쁜 사랑을 파악하면 좋은 사랑의 정의는 한층 명확해진다. 좋은 사랑은 예측 가능하다. 잠시 볼일이 있어 외출한 엄마가 다시 돌아올 것을 경험적으로 아는 아이처럼 상대를 불안하게 만들지 않는다. 내가 "결혼은 서로가 서로에게 예측 가능한 사람이 되어주는 일"이라고 말한 것도 같은 이유다.

어쩌면 인류는 지금 유해한 사랑에 빠진 건지도 모른다. 사랑하지만 이 사랑이 중독적임을 누구나 인정하는 사랑 말이다.

조회수가 높은 콘텐츠들이 선정성과 폭력성을 포함하는 건 우리 뇌가 그쪽으로 편향되도록 설계돼 있기 때문이다. 스트레스를 받으면 매운 낙지볶음이나 떡볶이처럼 자극적 음식이 먹고 싶은 것처럼 말이다. 《팩트풀니스》의 한스 로슬링 같은 통계학의 대가가 과거보다 지금이 훨씬 덜 폭력적이라고 아무리 다양한 통계를 제시해도 우리가 지금을 훨씬 더 폭력적이고 암울하다고 느끼는 이유도 그 때문이다.

마크 주커버그의 장밋빛 예언과 다르게 디지털 공동체는 점점 극단으로 치닫고 있다. 광적인 팬덤이나 정치 집단처럼 목소리가 큰 양극단의 스피커들이 과잉 대표되면서 우리는 점점 질문하고 반문하며 스스로를 의심하는 인류의 회색지대를 잃어가고 있다. 최근 '메타인지'나 '메타자각'이 급격히 부상하는 것도 '내가 맞고 너는 틀리다!'란 지금의 시류와 결코 무관치 않다. 메타인지는 결국 '내가 모른다는 것을 아는 것'에서 출발하기 때문이다.

탈리 샤롯 같은 심리학자에 의하면 사람은 자기 신념에

배치되거나 다른 사실을 발견하면 원래 생각을 더 강화할 반론을 지어내기도 한다. 이른바 초진실, 탈진실의 탄생이다. 자신의 이념을 대변해줄 '초진실'을 찾는 사람들이 늘면서 사실은 점점 힘을 잃고 음모론이 넘치고 있다. 범법 행위를 하고도 "도덕적 비난은 받을 수 있으나 법적으로 문제없다" 같은 괴괴한 논리와 프레임 뒤집기가 정치계는 물론이고 일상까지 퍼지고 있다. 인류의 공감력 역시 지속적으로 감소했다는 다양한 연구는 우리를 암울하게 한다. 인공지능마저 버그투성이인 인간성에 의문을 품는 걸까. 챗GPT와 나눈 지구의 미래에 관한 대화가 디스토피아로 가득했다는 《뉴욕타임스》의 기사는 우리를 더 우울하게 한다.

———

심리학자 자밀 자키의 《공감은 지능이다》를 읽다 보면 이런 생각에 이른다. '공감은 힘이 센 다른 영장류보다 빈약한 육체를 가진 인류가 장착한 진화의 산물'이다.[1] 저자는 인간이 다른 영장류에 비해 훨씬 큰 흰자위와 섬세한 얼굴 근육을 통해 서로의 눈빛과 표정을 보며 마음을 읽는다는 점을 강조한다. 인간의 뇌의 부피가 커진 이유가 추상적 사고가 아닌 생존을 위한 소통 능력을 키우기 위한 유전자의 전략이라는 것이다.[2] 공감은 인류 역사상 수많은 협력을 이끌어내며 가장 많은 성취를 이뤄냈다. 문제는 공감에 대한 사람들의 인식이다.

지능, 성격, 외모, 체형처럼 타고난 것은 결코 변하지 않는다고 생각하는 사람은 쉽게 포기한다. 하지만 노력할수록 더 많이 바뀔 것이라고 믿는 사람은 섣불리 포기하지 않는다. 자키는 공감 역시 타고난 능력이 아니라 습득 가능한 기술이라고 말한다. 그리고 공감이 왜 우리 삶을 더 나아지게 하는지 설명한다. 친절을 자주 베푸는 사람들이 그렇지 않은 사람보다 친구를 더 쉽게 사귀고 우울증에 덜 걸린다는 연구는 셀 수 없이 많다. 기부를 하거나 봉사 활동을 하는 사람들의 행복지수는 그렇지 않은 사람보다 높다. 그는 외로움이 사람을 훨씬 더 자기중심적으로 만든다고 주장하는데 자기중심성은 외로움과 우울함을 대표하는 예측 지표이기도 하다.

공감하면 반응하고 반응하면 행동한다. 그것이 넘어져 우는 아이를 안아주는 사소한 행동이든 가난한 학생들을 위해 평생 모은 재산을 기부하는 대단한 행동이든 공감은 행동의 연쇄반응을 일으킨다. '공감의 감소'는 우리를 다치거나 심지어 죽게 할 수도 있다. 학교로 가는 버스 안에서 갑작스런 현기증으로 넘어진 나를 붙잡아준 사람이 없었더라면, 지하철 3호선 역사에서 쓰러진 사람을 보고 인공호흡을 시도하고, 119에 신고한 사람이 없었더라면 어떤 일이 벌어졌을까.

우리의 생존은 단 한 번도 만난 적 없고
평생 만날 일이 없을 것 같던 사람들의 선의에 달려 있다.
이것이 서로가 서로에게 더 공감해야 하는 이유다.

────

가끔 형편이 어려운 수십 년 전, 무전취식이나 먹을 것을 훔쳤던 기억을 가진 노인이 피해 가게를 직접 찾아가 사과하거나, 거액을 복지시설에 기부하는 뉴스를 볼 때가 있다. 사람은 참으로 다양해서 범죄와 비리를 저지르고도 당당한가 하면, 소소한 잘못에도 평생 죄책감을 느끼는 사람도 있다.

어린 시절, 내 친구는 잠자리와 오래 놀고 싶어서 잠자리 몸통에 가느다란 실을 묶어 날리다가 그만 실을 놓쳐버렸다. 놀다가 금세 날려 줄 생각이었지만 얼떨결에 기회가 사라진 것이다. 그녀는 지금도 코발트블루를 싫어하는데 긴 실을 몸통에 매달고 잠자리가 날아가던 하늘이 딱 그 색깔이었기 때문이다. 평생 몸통에 실 꼬리를 달고 살아야 하는 잠자리를 생각하면 그녀는 지금도 마음이 불편하다고 했다. 꽤 긴 시간 동안 그녀의 꿈에는 실을 매단 잠자리가 나타났다.

한 친구는 팁에 대해 이야기했다. 오래전, 베트남의 한 호텔에서 자신만을 위한 바닷가 만찬의 연주자에게 팁을 주지 못했다는 것이다. 수영복 차림이라 미처 지갑을 챙기지 못한 탓이었다. 그는 두 번이나 자신의 테이블에 와서 연주가 좋았는지 묻는 사내의 슬픈 눈빛을 잊을 수 없었다. 남루했던 사내의 아이들이 어쩌면 그날 저녁 식사를 굶었을지도 모른다는 생각에 그는 지금도 미안하다고 했다.

선한 사람들은 타인이 자신에게 잘못한 건 잊고 용서하지만, 본인이 잘못한 건 잊지 못하는 독특한 습성이 있다. 이들이 기억해야 할 건 하나다. 만약 용서하지 못하고 실망과 분노를 담아둔다면 어디에 담겠는가? 결국 자신의 몸과 마음에 담아 두는 것이다. 그러니 용서는 타인을 위한 것이기도 하지만 나 자신을 위한 것이다.

그날의 코발트색 하늘과 잠자리를 아직도 잊지 못하는 친구에게 미국 로드 트립 중 내가 만난 애리조나 할머니 얘기를 해주었다. 자동차 연료가 떨어져 사막에서 오도 가도 못하던 내게 차를 태워주고 물과 먹을 것을 나누던 할머니가, 사례하고 싶어 하는 내게 건넨 말은 "앞으로 내가 만날 곤란한 여행자들에게 자신이 한 대로 베풀면 된다"란 것이었다.

길 잃은 죄책감이 방향을 옳게 틀면
염치가 되고 친절이 된다.

내 상냥한 친구들의 죄책감은 그렇게 동물 복지를 위한 기부와 후한 팁으로 승화됐다.

———

수많은 기업 마케팅 성공 사례 중 내가 가장 좋아하는 건 미국의 자동차 렌털 업체 에어비스의 에피소드다. 에어비스는 만년 2등으로 동종업체 허츠에 밀려 수년간 고전을 면치 못했다. 절대로 이기지 못할 것 같은 거대한 장벽 앞에서 그들은 매번 실패했고 좌절했다. 결국 그들이 벼랑 끝에서 선택한 광고는 이것이었다.

"고작 2등이라면 더 열심히 노력하라. 그렇지 않으면……."

이 문구 아래 느긋한 큰 물고기와 잡아먹히지 않으려 잔뜩 겁에 질린 작은 물고기 그림이 있다. 이 그림 안에는 에어비스의 열등감과 두려움, 열망이 솔직하게 담겨 있다. 그들은 수많은 고민 끝에 약점을 숨긴 게 아니라 오히려 드러냈다. 이런 광고를 내보낸 건 과연 멍청한 짓이었을까. 1년 후, 에어비스는 미국 내 1위 자동차 렌털 업체가 됐다. 사람들은 이 만년 2등 기업이 1등이 되도록 진심으로 돕고 싶어 했다. 왜? 우리 자신이 언젠가 역전을 꿈꾸는 '언더독'이기 때문이다.

폭염과 장마가 계속되던 날, 우연히 신문에서 기사 하나를 봤다. 강원도 춘천의 한 거리에서 맥주 2,000병을 싣고 가던 트럭의 적재함이 열리면서 순식간에 길이 난장판이 됐다는 2022년 6월 30일 자 《중앙일보》 기사였다. 박스에서 쏟아지며 깨진 맥주병 때문에 자칫 2차 사고가 날 수 있는 위험한 상황이었다. 이 사건의 반전은 소동이 벌어진 지 30여 분 만에 종결됐다는 것이다. 해결의 시작은 사고를 우연히 지켜보던 시민의 자발적 청소였고 이후 인근 편의점 주인도 빗자루를 들고 나왔다. 그렇게 모인 여러 시민은 쏟아진 맥주병 파편을 치우기 시작했다. 무엇보다 인상적인 건 기사의 마지막 문장이었다.

"사태 수습을 도운 시민들은 아무 일 없다는 듯 각자 갈 길을 떠났다."[3]

조선의 암행어사는 임무를 마친 후, '서계書啓'와 '별단別單'을 따로 작성해 왕에게 보고했다. 서계는 지방 관리의 불법 행위에 대한 감찰기록이다. 마패를 두른 채 "암행어사— 출두요!"를 외치며 탐관오리를 잡아들이던 암행어사 특유의 업무 말이다.

흥미로운 건 별단의 존재다. 암행어사는 지역의 민생을 살피며 그곳의 열녀나 효자를 찾아 보고하는 일도 함께 수행했다. 지방 곳곳의 효자비와 열녀문은 이처럼 암행어사의 보고에 따라 세워졌다. '미담의 발굴'은 유교를 기강으로 했던 조선의 근간을 정립하는 데 중요한 일이었다. 그런 의미에서 착한 일을 한 가게에 '돈쭐(돈과 혼쭐의 합성어로 정의로운 일을 하여 귀감이 된 가게의 물건을 팔아주자는 신조어)'을 내줘야겠다는 말은 현대판 별단이다.

사람들은 타인의 행동에 영향을 받는다. 이미 쓰레기가 가득한 곳이라면 사람들은 별 죄책감 없이 쓰레기를 투척한다. 범죄심리학에서 말하는 '깨진 유리창 이론'이다. 하지만 쓰레기가 있던 곳에 화분이나 꽃을 심는다면 어떨까. 쓰레기 상습 투기 구역에 화단을 만드는 게 깨진 유리창 이론을 뒤집는 '넛지'다.

상습 쓰레기 투척 구역의 화단은 CCTV보다 강력한 통제 역할을 한다. 처음 길이 만들어지면 사람들이 그 길로 가려는 경향을 '경로 의존성Path Dependency'이라고 한다. 인터넷의 댓글도 첫 댓글에 많은 사람이 동조하는 경향이 크다. 첫 댓글이 악플이면 이어지는 댓글이 악플이고, 선플이면 선플인 경우가 훨씬 더 많다. 우리는 거울을 바라보듯 서로에게 영향을 주고받는다.

사람의 성장 과정도 마찬가지다. '거울 뉴런'이 만들어지면서 아기의 사회화가 시작된다. 내가 웃으면 따라 웃고, 찡그리면 함께 찡그리는 아기의 얼굴을 상상하면 거울의 의미를 파악할 수 있다. 인류의 거울 뉴런은 우리가 서로에게 얼마나 많은 영향을 받는 존재인지를 보여준다. 식당에서 "제일 많이 팔리는 음식이 뭐죠?"라고 묻는 이유가 무엇일까. 상점에서 "제일 잘 나가는 옷이 뭐예요?"라고 묻는 진짜 이유 말이다. 우리는 사람들이 좋아하는 걸 더 좋아하고 많이 욕망한다. 미담이 많아지면 미담에 어울리는 행위가 더 많아질 거라 나는 믿는다.

우리 사회는 점점 투명해지고 있다. 최근 서비스업 종사자들이 이전보다 친절하고 정직해진 건 그들의 불친절과 불성실이 별점이나 리뷰 같은 데이터로 남기 때문이다. 친절한 택시 기사가 더 많은 콜을 받고, 안심식당이 더 많은 주문을 받는다. 세계적 빅테크 기업이나 글로벌 IB들이 채용 전, 사원들의 SNS를 체크한다는 사실도 널리 알려져 있다. 성차별적이거나 인종차별적 댓글로 대학이나 정부 기관에서 직위를 잃게 되거나, 인기 절정의 배우, 유튜버가 학교폭력 사건에 연루돼 한순간 몰락하는 것도 기술의 발달로 한층 투명해진 과거 때문이다. 과거 심각한 폭력을 저지르거나, 악성 댓글러들이 성공해선 안 된다는 사회적 합의는 공정성에 민감한 젊은 세대일수록 더 강하다.

친절과 공감은 자기 충족적 특성이 있다. 초연결 세상에선 작은 선의의 씨앗이 누군가의 글과 말로 꽃피울지 아무도 모른다. 몇 년 전부터 북유럽을 중심으로 퍼지고 있는 '플로깅Plogging'은 '이삭을 줍는다'를 뜻하는 스웨덴어 '플로카 우프Plocka Upp'와 '달리기'를 뜻하는 영어 '조깅Jogging'을 합한 신조어로 '뛰면서 길가나 공원의 쓰레기 줍기'를 의미한다. 실제 산티아고 순례길에는 플로깅을 실천하는 사람들이 적지 않다.

플로깅이 SNS의 해시태그를 타고 수많은 사람에게 전파되기 전, 공원을 달리며 매일 쓰레기를 주운 사람들, 즉 선량한 '퍼스트 펭귄'이 존재했을 것이다. 하늘을 찌를 듯한 101층 건물이 안전하게 서 있는 건 스타 건축가가 아니라, 숨어 있는 구조공학자 덕분이다. 무대 위 가수를 빛나게 하는 게 무대 밖 스텝들인 것처럼 말이다. 우리 사회는 눈에 잘 보이지 않는 이런 사람들에게 크게 빚지고 있다.

방탄소년단BTS을 세계적 그룹으로 만든 것 역시 아미ARMY의 지지와 연대 덕분이다. 그들이 '아미'라고 불리기도 전에, 지구 어딘가에서 방탄소년단의 연습 동영상에 무료 번역 자막을 제공한 사람들이 있었다. 한국어를 이해하지 못하는 해외 팬들을 위해 자신의 자원을 기꺼이 내어준 것이다. 선행은 늦게 밝혀질수록 더 큰 울림을 주는 묘한 특성이 있다. 그러므로 이제라도 우리는 매 순간 진심으로 사람을 대해야 한다. 나는 세상을 더 투명하게 만드는 기술의 발전이 결국 숨어 있는 선량한 사람들을 더 많이 발굴하고 발견하게 만들 것이라 믿고 있다.

12부

성장

과거는 변해,
미래를 기억해,
지금을 살아

누구에게나 마음을 다해 준비해온 소중한 것을 보낸 적이 있다. 오랫동안 원하던 학교의 입학 서류일 수도 있고, 일하고 싶었던 직장의 이력서이거나 반드시 사과하고 싶은 사람에게 마음을 담아 보낸 편지일 수도 있다. 내겐 그것이 늘 소설이었다. 바른손 노트에 파란색 모나미 볼펜으로 꾹꾹 눌러 소설을 쓰던 열네 살 이후, 내 머릿속에는 1분 1초도 작가가 되는 상상이 떠난 적이 없었다. 나는 '작가가 되기도 전'에 이미 작가로 살고 있었고 '사람들은 모르겠지만 나는 작가!'라는 믿음이 내겐 유일한 삶의 자부심이었다.

하지만 장래 희망에 소설가라고 적은 아홉 살 이후, 스무 살 때부터 내가 얼마나 많은 문학 공모에서 떨어졌는지, 오지 않는 당선 전화를 기다리는 일에 얼마나 지쳤는지, 광고 회사와 인터넷 서점, 잡지사를 거치는 동안 퇴근 후 부엌 식탁에 앉아 졸다가 쓴 오타 가득한 원고를 바라보며 얼마나 지쳐갔는지에 대해 나는 며칠이고 말할 수 있다. 하지만 언제나 내뱉은 말보다 중요한 건 끝내 하지 못한 말이다.

나는 글쓰기에 재능이 없을까 봐 늘 두려웠다.
재능 없는 일에 내가 목을 매고 있을까 봐 무서웠다.

두려움은 소나기가 아니라 늘 안개처럼 침습한다. 길을 걷다가 문득 두렵다는 생각이 들 때가 많았다. 처음엔 땀이 찬 양말을 자주 갈아 신어야 했다. 식은땀이 나던 어느 날은 여분의 속옷을 가방에 넣고 다녔다. 습기는 점점 무릎에서 척추까지 타고 올라와 이윽고 머리의 3분의 1을 덮었다. 이마에 땀이 맺혀 있을 때가 잦았고, 귓속에 손가락을 넣으면 축축한 습기가 느껴졌다. 마치 횟집 앞 전시용 수조 안에 갇힌 느낌이었고, 그 속에서 광어만큼 쪼그라든 내가 수초처럼 흐느적거리고 있었다.

지각할까 봐 젖은 머리를 다 말리지 못해 손가락으로 눌러 짜면, 뚝뚝 떨어지는 물이 꼭 '머리카락이 아프다고 흘리는 눈물' 같았다. 그즈음 어딘가에 부딪혀 반창고를 붙이는 날이 많았다. 창문을 암막 커튼으로 막아 뱀파이어의 아지트처럼 컴컴했던 한 소설가의 연구실에서 인터뷰를 하다가 "저는 왜 계속 문학 공모에서 떨어질까요?"라는 맥락 없는 질문을 던져 그를 당황하게 했다.

기분 없는 기분으로,
의욕 없는 의욕을 짜내야만
나는 간신히 일이라는 걸 할 수 있었다.

'밥값은 하고 살자!'란 말은 예나 지금이나 내게 무서운 말이라, 한 달에 한 번 돌아오는 마감은 지켜야 했다. 혈액형, 별자리, 타로, 전생, 사주, 명리학을 한 번도 믿어본 적 없지만 그달 주어진 할당 때문에 '미래 예언 배틀'이란 주제로 기사를 쓰기 위해 방방곡곡을 돌아다녔다. 반포, 옥수, 연희동, 파주 등의 지역명이 붙은 도사, 선녀, 황녀, 마스터 들을 취재했다. 그러던 어느 날 자양동의 한 철학관에서 한 노인이 내게 이렇게 말했다.

"본인의 가장 큰 대운은 70대에 들어와요. 그때가 인생의 절정기고."

졸다가 죽비로 뒤통수를 맞은 게 아니라, 눈을 부릅뜨고 있는데도 망치로 이마를 얻어맞는 기분이었다.

"저보고 지금 40년을 기다리라는 말씀이세요? 전 이제 막 서른인데요?"

포마드를 단정히 바른 노인은 어디선가 은행 달력 뒷장 같은 커다란 전지를 꺼내더니, 나로선 뜻을 알 수 없는 한자를 쓰며 은은한 빛이 스미는 삶을 이야기했다. 햇빛이 아니라 달빛, 밝음이 아닌 은은함, 뜨거움이 아닌 따스함. 꾸준한 '선업'에 대한 얘기였다. 식당에서 나올 때, 시장에 갔을 때, 사람들을 만날 때, 고맙다는 인사를 최대한 자주 하고, 뒷사람을 위해 문을 잡아주라는 교과서에 나올 법한 말들 말이다.

맙소사! 내가 알고 싶은 건 절대 그런 게 아니었다. 내가 작가가 될 수 있는지, 이 직장을 당장 때려치워도 먹고살 수 있는지, 대체 언제쯤 이 지긋지긋한 문학 공모에서 벗어날 수 있는지였다. 나는 뜬구름 잡는 얘기가 아니라 구체적 답을 듣고 싶었다. 꿈을 이루지 못할 거라는 짓눌린 마음에서 해방되길 원했다.

당장 4개월, 아니 4주도 참기 힘든데 4년도 아니고 40년을 기다리라고? 분하고 억울한 마음에 더러운 수조에 머리가 반쯤 처박힌 채 사는 기분이 어떤 건지 아느냐고 외치고 싶었다. 눈을 뜨면 그 앞으로 피라냐, 상어, 해파리 떼가 오직 나를 물어뜯기 위해 다가오는 것 같다고 말이다. 내게 필요한 건 은은한 달빛, 호롱불 따위가 아니고 이글거리는 태양이나 불타오르는 열정이라고 말하고 싶었다.

동해 덕장에 걸린 오징어처럼 말라비틀어지는 한이 있어도 뜨거운 태양 아래서 지문까지 녹아 없어질 것 같은 마음을 바짝 말리고 싶다고 소리치고 싶었다.

"음……."

그는 콧등에 살짝 걸친 돋보기 너머로 말없이 나를 바라보았다. 몇 초의 침묵이 갈고리처럼 나를 꿰뚫는 것 같아 가슴이 쿵쾅댔다. 들어오자마자 업계 비밀이라든가, 손님 유형 같은 걸 캐묻는 내 말투에서 혹시 취재의 낌새를 느낀 건가 싶어 그때부터 나도 입을 닫았다. 점 마니아인 선배에게 수소문해서 어렵게 예약했는데 이런 실망이 없었다. 회사로 돌아가는 지하철 안에서 녹취가 제대로 됐는지 확인하다가 버튼을 잘못 눌러 녹음 파일을 통째로 지워버린 게 그날의 하이라이트였다. 정말 황당했지만 딱히 당황스럽진 않았다. 어차피 내가 쓸 미래 예언 배틀 기사에 자양동 노인의 이야기는 단 한 줄도 들어가지 않을 예정이었으니까.

———

문제는 정신없는 마감 몇 번을 끝낸 후였다. 자꾸 내 눈앞에 노인들이 보이기 시작했다. 평소 눈에 잘 띈 적 없던 할아버지와 할머니가 지하철에서, 길을 가다가, 백화점에서, 헬스장에도 출몰했다. 길고양이가 낮잠을 자는 한낮의 거리나, 출퇴근길 한강 위로 부서지는 햇볕을 바라보면 머리가 멍—해지면서 시간을 거슬러 백발의 할머니가 된 내가 스멀스멀 피어올랐다. 시간을 거꾸로 돌려 '벤자민 버튼'이라도 된 기분이었다. 그즈음 나는 평생 한 번도 한 적 없는 질문을 스스로에게 던졌다.

40년 후, 70대의 나는 지금과 달라져 있을까.
지금은 알 수 없는 미래가
사주라는 내 인생 책에는 정말 적혀 있을까.
70대가 내 인생 황금기라면
나는 대체 어떻게 산다는 걸까.

오지 않은 미래를 상상하는 일은 과거를 기억하는 일보다 늘 어렵다. 어떤 과거는 너무 생생해서 지워지지 않는데, 40년 후의 먼 미래는 너무 추상적이라 내겐 아예 존재하지 않는 시간처럼 느껴졌다. 하지만 한 번 각인된 예언 같은 말을 도무지 떨칠 수 없었다. 어느 날부터 나는 "70대에 대운이 깃들고, 말년에 꽃을 피운다"란 노인의 말을 간절히 범인을 잡고 싶은 형사처럼 추적하기 시작했다.

70대에 성공하려면 40년 이상 죽지 않고 살아야 한다.

기력 없는 노인이 황금기라 불릴만한 왕성한 활동을 하는 것은 불가능하므로 또래보다 훨씬 더 건강해야 한다. 당연히 좋은 생활 습관은 필수다. 이 단순한 사실을 깨닫자 나는 지금의 내가 건강을 위해 지키고 있는 게 전혀 없다는 걸 깨달았다.

나는 새벽 두 시가 넘어야 겨우 잠들었고 5분 간격으로 맞춰놓은 알람 세 개가 울려야 간신히 아침 일곱 시에 일어났다. 거의 날마다 야근이었고, 한 달에 일주일은 주말 없이 자정을 넘기거나 아예 집에 들어가지 못했다. 웰빙 기사를 쓰며 나트륨 범벅인 편의점 음식으로 끼니를 때운 걸 제외하더라도, 만성 수면 부족에 숨쉬기 운동만 하는 변비 환자가 70대를 화양연화로 지낼 가능성은 몇 퍼센트인가. 갑자기 인터뷰를 약속한 배우가 사진가를 바꾸지 않으면 촬영하지 않겠다고 엄포를 놓거나, 어렵게 섭외한 필자가 원고를 펑크내고 잠적하거나, 발로 뛴 기획 기사가 빨간 줄 범벅에 엑스x 자로 난사당한 채 돌아올까 봐 나는 늘 불안했다.

자주 손바닥을 펴고 미지의 보물섬으로 가는 항해 지도를 보듯 손금을 바라봤다. 내 생명선은 길다고도 짧다고도 할 수 없는 애매한 길이였고, 그때 내가 나를 위해 할 수 있는 건 딱히 없어 보였다. 야근 없는 마감이 가능하다는 얘길 그 어떤 선배도 해준 적이 없으니 퇴근 후 운동은 가당치도 않았다. 그렇게 회사 창립일 기념으로 받은 머그에 습관처럼 연달아 커피를 마시다가 사소한 생각 하나가 머리를 스쳤다.

일어나자마자 커피를 마시는 일.
그 정도는 할 수 있지 않을까.

일어나서 책을 읽거나, 운동을 하거나, 외국어 공부를 하겠다는 원대한 목표가 아니다. 잠들기 전, 침대 머리맡에 커피 한 잔을 올려놓고 눈을 뜨면 물과 함께 마시는 것이다. 그날 퇴근하자마자 손님용 찬장을 열었다. 돈을 모아 유럽 배낭여행을 떠나던 시절부터 사 모은 찻잔이 가득했다. 파리의 고서점 '셰익스피어 앤드 컴퍼니'를 찾다가 길고양이가 이끄는 우연한 발걸음이 멈춘 골동품 가게에서 발견한 에르메스 머그와 찻잔이 눈에 띄었다. 언젠가 가장 좋아하는 손님이 오면 그 잔에 아끼는 커피나 차를 담아 대접하겠다고 마음먹은 잔이었다. 꽃을 향해 날아든 나비와 새를 바라보며 나는 조심스레 잔을 꺼내 싱크대 위에 내려놓았다.

한 번도 나만을 위해 써본 적 없는 그 잔에
가장 아끼는 코나 커피를 내렸다.

코나는 '하와이에서 부는 바람'이란 뜻으로 가고 싶었지만 한 번도 가닿지 못한 하와이에 대한 내 열망을 담고 있었다. 부드러운 산미의 커피에선 파도를 타고 끝없이 밀려오는 바람 내음이 났다. 문득 아침에 마실 커피를 새벽 한 시에 천천히 내리는 이 행위가 기이하지만 아름답다고 생각했다. 깨질까 봐, 금이라도 갈까 봐 한 번도 꺼내보지 못한 손님용 찻잔을 오직 나를 위해 쓰겠다고 결심하는 순간, 나를 향해 꿈쩍하지 않던 냉정한 세상이 반가운 인사를 하듯 1도쯤 몸을 숙여준 것 같았다. 하나뿐인 귀한 잔이지만 깨져도 상관없으니 너를 위해 마음껏 내어주라고 말하는 것 같았다.

나는 아직 김이 폴폴 나는 커피 잔을 들고 침실로 들어가 침대맡 스탠드 옆에 내려놓았다. 눈을 감자 야근으로 무거운 몸 아래로 하와이의 바람을 품은 커피 향이 깃털 이불처럼 내려앉았다. 그 안온한 향기가 곶감처럼 움츠러든 내 마음에 다가와 '너에겐 내가 있잖아—'라고 속삭이는 것 같았다. 그 밤, 눈을 감고 안드레이 타르코프스키의 영화 〈희생〉의 첫 장면, 죽은 나무에 3년 동안 물을 주어 꽃을 피우게 한다는 전설을 어린 아들에게 들려주는 아버지를 떠올렸다. 희미하게 뭉개져 멋대로 변형됐지만 20년이 지난 지금까지 내 안에 살아 있는 말이었다.

화장실 변기에 물 한 컵을 버리는 사소한 일이라 해도
매일 의식적으로 한다면
기적이 된다.
기적이 된다.
기적이…….

———

　인생을 두 번 산다면 어디로 돌아가고 싶은가. 세상에는
두 부류의 사람이 있다. 행복하고 즐거웠던 순간으로 돌아
가고 싶은 사람. 고치고 싶은 후회의 순간으로 돌아가고
싶은 사람. 나는 늘 후자였다. 오지 않은 불투명한 미래보
다 왔다 간 선명한 과거를 반추하는 게 더 쉬웠다. 그래서
나는 과거는 결코 변하지 않는 고정불변의 것이라고 믿었
다. 미래는 알 수 없지만 과거만큼은 선명히 알고 있다고
생각했다.

　삶이 한 권의 책이라면 모든 사람에게는 자신만의 이야
기가 있다. 하지만 누구나 자기 책의 주인공으로 사는 건
아니다. 우리에겐 한 번도 전지적 작가시점이 부여된 적이
없다. 1인칭 시점의 우리는 그러므로 지금 일어난 일의 진
정한 의미를 결코 알 수 없다. 과거를 모두 안다고 믿는 것
역시 착각이다. 과거는 한순간도 고정된 적이 없다. 과거

와 현재, 미래는 물처럼 흐르며 끊임없이 서로의 시간대를 넘나들며 영향을 준다.

매일 아침 커피 한 잔을 마시겠다고 결심한 순간부터 내 시간은 이전과 조금 다르게 흘러갔다. 가고 싶은 나라의 커피 원두를 고르는 일은 내가 공들여 만든 루틴의 가장 중요한 챕터였다. 그렇게 자메이카 블루 마운틴, 과테말라 안티구아, 케냐 AA, 콜롬비아 수프레모, 에티오피아 코체레까지 가보고 싶었지만 끝내 닿아본 적 없는 나라의 커피를 골랐다. '안티구아' '에티오피아' 같은 말을 입 안에 천천히 굴리면 어릴 적, 종일 입 안에 물고 다니던 롤리팝처럼 동그란 '이응(ㅇ)'들 때문에 아이처럼 즐거웠다. 밤이면 다음 날 마실 커피를 고르는 시간이 세상 그 어떤 팀장도 내게 해준 적 없는 믿음직한 격려 같았다. 아침이면 고단한 내가 나를 위해 준비한 전날의 수고로움이 떠올라 천근 같은 몸을 어떻게든 일으켰다.

일어나서 커피 한 잔을 마시는 일. 그 일이 몇 주 반복되자 침대에서 일어나 갓 내린 커피 한 잔을 더 마시고 싶었다. 그렇게 침대에서 일어나니 커피를 마시며 바라본 창밖 풍경이 너무 예뻐서 어느 날부터 창가 옆에 의자를 가져다 놓았다. 그 의자에 앉아 뭔가 쓰고 싶다는 생각이 들던 날, 나를 위한 작은 테이블 하나를 주문했다.

아침에 쓰는 일기는 밤에 쓰는 일기보다 희망적이라는 걸 그때 알게 됐다. 잠들기 전 쓰던 내 일기장에는 늘 "왜? 나는! 이것밖에!"라는 말이 난무했고, 미처 하지 못한 일과 자기 비하가 음식물 쓰레기처럼 썩어 넘쳤다. 하지만 아침 일기장 속에는 "그래도? 나는!" "오늘은 나도!" 같은 다짐의 문장을 눌러 쓸 수 있었다.

일기를 쓴다는 행위에는 변함이 없었다.
하지만 순서가 바뀌자 많은 것이 변했다.
아침이 아직 아무것도 실패하지 않은
하루의 시작이라 가능했다.

시간이 지나고 일기인 줄 알았던 잡다한 글이 점점 소설처럼 보였다. 그런 사소한 것들이 쌓이자 내 앞엔 노트 수십 권이 놓여 있었다.

———

습관은 연쇄적이다. 햄과 치즈 사이의 토마토처럼 맛의 연쇄작용을 일으킨다. 좋은 습관이든 나쁜 습관이든 마찬가지다. 유튜브를 보며 야식을 먹는 습관이 비만, 당뇨, 고혈압을 만드는 것과 같다. 한 번의 좋은 선택은 더 좋은 선택을 도미노처럼 불러온다.

결국 선택의 문제다. 어제의 선택으로 오늘의 내가 있고, 오늘 나의 선택으로 미래의 내가 있다는 상상이 나를 만든다. 작은 선택이지만 지금에 집중해 작고 소소한 행복을 자주 누리는 것이 성공한 삶이 아닐까.

_____

_____

_____

_____

출근 전 커피를 마시며 글을 쓰자 퇴근 후 오타 만발의 글을 덜 쓰게 됐고 나를 조금씩 덜 미워하게 됐다. 셀 수 없는 문학 공모의 탈락 숫자가 아니라, 말년 대운이라는 먼 미래를 바라보자 70대의 내가 잘되려면 지금의 내가 무엇을 해야 하는지 상상할 수 있게 됐다.

그때 나는 상상력이란 눈에 보이지 않는 걸 그리는 습관이란 사실을 깨달았다. 이를테면 성공은 자신이 이루고 싶은 장면을 얼마나 생생하고 구체적으로 그릴 수 있느냐에 달려 있다는 걸 배웠다. 자신이 이루고 싶은 장면에 등장하는 모든 배경, 시간, 장소, 내 옆에 앉아 있는 사람의 말투, 표정, 분위기를 감싸는 향기까지 상상할 수 있다면 그 꿈은 나침반을 단 배처럼 내게 더 일찍 당도하게 된다는 것도. 배의 키를 1도만 바꿔도 최종 목적지는 처음과 엄청나게 달라진다. 삶은 거창한 것이 아니라 종종 사소하고 하찮은 어떤 순간에서부터 방향을 튼다. 내겐 그것이 커피 한 잔이었다.

나는 이제 거대 담론만 이야기하는 사람을 믿지 않는다. 작고 사소한 것들의 합이 우리의 인생임을 알기 때문이다.

《픽사 스토리텔링》에는 "루크 스카이워커는 오비완 캐노비의 도움이 필요하다"[1]란 문장이 나온다. 그는 '해리 포터'에게는 '덤블도어'가 필요하고, '도로시'에게는 착한 마녀 '글린다'가 필요하다고 말하면서 '루크'는 '오비완'에게 광선 검을 얻고 포스를 배웠고, 해리포터는 덤블도어에게 투명 망토를 얻고 마법의 주문을 배웠으며, 겁이 많았던 도로시는 글린다에게 용감해지는 법을 배운 후 빨간 루비 구두를 얻었다고 설명한다.[2] 하지만 악당과 맞서 싸우는 영웅에게만 마법과 광선 검이 필요한 건 아니다. 우리에게도 거친 세상에 맞서 싸울 광선 검과 몸을 숨길 투명 망토, 뛰어나갈 루비 구두가 필요하다.

내 광선 검은
"과거는 변한다!"란 문장이었다.
내 마법의 주문은
"현재를 어떻게 사느냐에 따라서"란 말이었고,
나의 반짝이는 루비 구두는
"그러니 미래를 바라보라"란 예언이었다.

해체된 이 문장을 합체하면 지난 20년간 나를 지켜준 문장이 완성된다.

과거는 변해,

그러니까 미래를 기억해,

지금을 살아내면서.

기억해야 할 것이 더 있다. 루크 스카이워커에게는 다스 베이더가 있었다. 해리 포터에게는 볼드모트가 있었고, 어벤저스에게는 지구 인구의 절반을 날려버리겠다고 장담한 타노스가 있었다. 조커 없는 배트맨을 상상할 수 있을까. 성공한 영웅 뒤에는 반드시 성공한 악당이 존재한다. 우리 삶도 그렇다. 과거의 고통이 크면 클수록 내 안의 포스가 커질 가능성이, 내 안의 영웅이 자라날 가능성이 더 커진다. 조커 같은 악당은 나를 담금질하고, 다스 베이더 같은 빌런은 우리를 더 강하게 만든다. 문제는 이 악당의 존재를 우리가 어떻게 받아들일 것인가이다.

우리 삶에 가장 큰 영향을 미치는 건 과거의 사건이 아니다. '과거 사건에 대한 내 해석'이 사건 자체보다 훨씬 더 중요하다. 동물의 더러운 배설물조차 쓰임에 따라 거름이나 연료가 될 수도 있다. 과거를 재해석하고 다시 쓰면 미래를 자신의 의지로 만들어갈 수 있다. 현재를 제대로 살 때, 과거는 틀림없이 바뀐다.

오늘의 내가 내일의 나를 위해 할 수 있는 일은 얼마든지 있다. 나는 여행을 떠나기 전, 집 안 곳곳을 청소하고 이불과 베개를 깨끗이 빨아둔다. 그러면 여행에서 돌아가는 아쉬운 마음도 집에 들어선 순간 어느새 누그러든다. 귀한 손님을 맞이하듯 두 팔을 벌려 집이 나를 환대하는 것 같은 기분 때문이다. 빳빳한 침구와 반듯한 책상 역시 이리저리 삶에서 구겨지고 부서진 내 자존감을 다독이는 든든한 친구처럼 느껴진다. 오늘은 죽도록 힘들었지만, 퇴근길 나를 위해 남겨놓은 마카롱이나 초콜릿 무스가 있으면 보험에 든 것처럼 마음이 든든해진다.

슬럼프나 우울감, 권태기는 늘 예고 없이 닥친다. 혼란스러운 내게 누가 손을 내밀 것인가. 나다! 지금 나를 행복하게 해주는 많은 것은 그 자신이 이미 수년 전에 이미 심어놓았던 것이다. 그것은 과거의 내가 지금의 나에게 건네는 위로이자 선물이다. 그리고 이 격려의 본질은 '그 많은 수고로웠던 시간들'이다. 귀찮고 힘들고 피곤함을 무릅쓰고 내가 나를 위해 해왔던 것 말이다. 나는 위로나 성장을 다시 정의하고 싶다. 과거의 내가 지금의 나를 위해 꾸준히 했던 것이야말로 진정으로 우리를 위로하고 성장시킨다고. 실패마저도 그렇다.

거절당했던 작품이 계속 거절당하는 것은 아니다.
나는 여러 번 거절당했던 작품을 고쳐 써

문학상을 받았다.

지금의 나는 그러므로 과거의 나를 믿어야 한다. 세상이 시큼한 레몬을 건넸을 때, 달콤한 레모네이드를 함께 만들 친구. 미래의 내가 가장 믿고 의지할 친구는 '지금의 나'라는 사실 말이다. 과거 현재 미래는 한순간도 떨어져 있지 않다. 동시에 존재하는 메타버스 세계처럼 '나'는 세 갈래의 시간대 속에 연결돼 있다.

하지만 '내가 확실한 내 편'이라는 감정을 가지려면 훈련이 필요하다. 내가 내 삶을 이끌고 있다는 강력한 느낌 역시 그렇다. 그러기 위해선 삶을 바라보는 태도가 중요하다. 이와 관련해 긍정과 희망을 상징하는 '흰 늑대'와 부정과 실망을 상징하는 '검은 늑대'를 기르는 한 남자의 오래된 우화가 있다. 우화는 질문한다. 검은 늑대와 흰 늑대 중 어느 늑대가 더 빨리 자라게 될까.

내가 더 많이, 더 자주, 먹이를 준 쪽이다.
먹이를 주는 내 선택이 결국 결과를 만든다.

나는 늘 선택에 어려움을 느꼈다. 불안하면 자연스레 손

가락이 입에 들어갔고, 흥분하면 다짜고짜 목소리가 커졌다. 정리 정돈을 할 줄 몰라 물건을 찾느라 늘 시간을 낭비했고 약속에 늦었다. 어릴 때부터 고집스럽고 이상한 애라는 소리를 자주 들었다. 나는 내가 나인 게 싫었다. 그래서 내가 나일 리 없다는 걸 증명해줄 책을 유년기 내내 찾아다녔다.

마크 트웨인의 소설 속, 비밀이 가득한 아이처럼 점심시간에 친구들과 나가 논 기억이 없는 나는 고독한 도서관 붙박이였다. 초등학교 입학 이후로 어른들이 말하면 청개구리처럼 행동했기 때문에 툭하면 반항하느냐는 말을 들었다. 하지만 반항이라는 말에 어울리지 않게 나는 엄청난 울보에 뚱보였다. 가장 속상했던 건 목구멍에서 피 냄새가 날 정도로 죽어라 뛰는데도 100미터 달리기에서 늘 우리 반 꼴찌였다는 것이다.

이상한 책만 읽는 반항심 가득한 뚱뚱한 울보.
그게 나였다.
하지만 그럼에도 불구하고 내가 작가가 된 게 아니다.
바로 '그런 것들 때문에' 나는 작가가 되었다.

〈록키〉 1편의 주인공은 링 위에서 승리하지 못한다. 하지만 우리가 피투성이 패자가 된 그의 이름 록키 발모아를 기억하는 이유는 하나다.

그는 이기진 못했지만 지지 않았다.

이기는 것과 다른 지지 않는다는 말의 의미는 무엇일까. 지지 않겠다는 건 일종의 태도다. 꺾이지 않는 마음이며, 삶의 불완전성을 수긍하고 실패의 가능성이 언제나 도사리고 있다는 걸 아는 사람의 각오다. 꽃길만 걷겠다는 낙관이 아니라, 두렵고 떨리지만 돌길이 나와도 걷겠다는 희망이다.

우리의 마음을 끄는 건 결코 완전무결함이 아니다.
결국 결함이다.

다시 태어날 순 없지만
새로 살 수 있는 나

영화 〈머니볼〉의 거의 마지막에 제레미 브라운이라는 야구 선수가 등장한다. 그는 마이너리그팀 포수로 190센티미터에 가까운 장신에 뚱뚱한 몸 때문에 1루로 뛰는 걸 몹시 겁내는 선수다. 그러던 어느 날, 강속구를 받아쳐 중앙으로 날린 그는 이전과 전혀 다른 선택을 한다. 1루를 향해 뛰기 시작한 것이다.

하지만 뒤뚱대며 전력 질주하던 그는 끝내 가속도를 못 이겨 1루 앞에서 우스꽝스러운 포즈로 굴러 엎어지고 만다. 브라운의 악몽이 현실로 나타난 것이다. 관객들이 큰 소리로 웃기 시작한다. 엎어진 그는 땀투성이가 된 얼굴로 1루수를 올려다본다. 관객들의 비웃음과 스스로에 대한 모멸감에도 불구하고 자신이 태그 아웃됐는지 아닌지를 확인하기 위해서였다. 1루수는 황당하다는 듯 그에게 손을 내민다.

나는 이 장면을 여러 번 더 돌려봤다. 그리고 볼 때마다 아이처럼 울게 된다. 열한 살의 내가 가속도를 이기지 못하고 100미터 달리기 결승선 앞에서 엎어졌을 때가 떠오르기 때문이다. 흙먼지 가득했던 그날의 공기, 흰색 호루라기를 든 선생님의 얼굴, 와르륵 웃던 아이들의 웃음과 무릎에 흐르던 피. 창피한 건 무릎과 팔에 난 상처가 아니라 마음에 각인된 '네가 꼴등!'이라는 실패의 흉터였다. 그래서 나는 영화 속 이 장면에서 늘 눈을 감았다. 눈을 감아도 그가 아웃당하는 장면이, 손을 내밀던 1루수와 관객들의 웃음소리가 들리는 것 같았다. 넘어진 그에게 어떤 일이 벌어진 걸까.

브라운은 자신이 친 공이 펜스를 넘어갔다는 걸 몰랐다. 홈런이었다!

홈런을 친 타자는 달릴 필요가 없다. 그런데도 그는 있는 힘껏 전력 질주했고, 엎어졌고, 그라운드에 코를 처박은 채 고개를 돌려 세상에서 가장 어색한 얼굴로 자신의 홈런을 확인했다. 인간은 아이러니하고 연약하며 복잡하다. 우리는 넘어지면서 배울 수 있고, 기쁜데도 울 수 있다. 우리가 친 게 홈런인 줄도 모르고, 흙먼지 속에 엎어져 절망할 수 있다. 나의 마지막 질문은 이것이다.

사람은 변할까?

변한다.

다만 변화는 변한다고 '끝내' 믿는 사람에게 찾아온다.

내가 주기도문처럼 외우는 야구 선수 요기 베라의 말이
오래 기다린 답장처럼 모두에게 도착하길 바란다.

"끝날 때까지는 끝난 것이 아니다."

두 번의 삶은 없다.

하지만 두 번째 인생을 선택할 힘이

아직 우리에게 있다.

주

프롤로그

1 김소영,《어린이라는 세계》, 사계절, 2020, 25쪽.

1부. 습관

1 메이슨 커리,《리추얼》, 강주헌 옮김, 책읽는수요일, 2014, 193쪽 참고.

2 같은 책, 184쪽 참고.

3 찰스 M. 슐츠,《찰리 브라운과 함께한 내 인생》, 이솔 옮김, 유유, 2015, 241쪽 참고.

4 찰스 두히그,《습관의 힘》, 강주헌 옮김, 갤리온, 2012, 10~11쪽 참고.

5 제임스 클리어,《아주 작은 습관의 힘》, 이한이 옮김, 비즈니스북스, 2019, 48쪽 참고.

6 찰스 두히그,《습관의 힘》, 95~96쪽 참고.

7 로이 F. 바우마이스터·존 티어니,《의지력의 재발견》, 이덕임 옮김, 에코리브르, 2012, 12쪽.

8 같은 책, 126~129쪽 참고.

9 같은 책, 67쪽.

10 케이티 밀크먼,《슈퍼 해빗》, 박세연 옮김, 2022, 108쪽 참고.

11 자청,《역행자》, 웅진지식하우스, 2022, 110쪽 참고.

12 케이티 밀크먼,《슈퍼 해빗》, 43쪽 참고.

13 같은 책, 50쪽 참고.

14 제임스 클리어,《아주 작은 습관의 힘》, 52쪽.

15 수전 데이비드,《감정이라는 무기》, 이경식 옮김, 북하우스, 2017, 215쪽.

2부. 느림

1 올리버 버크먼, 《4000주》, 이윤진 옮김, 21세기북스, 190쪽 참고.

2 같은 책, 191쪽 참고.

3 제이크 냅·존 제라츠키, 《메이크 타임》, 박우정 옮김, 김영사, 116쪽 참고.

4 《공산당 선언》의 머리글은 "하나의 유령, 공산주의라는 유령이, 유럽에 떠돌고 있다"란 문장으로 시작한다.

5 폴 보가드, 《잃어버린 밤을 찾아서》, 노태복 옮김, 뿌리와이파리, 2024, 347쪽 참고.

6 폴 보가드, 《잃어버린 밤을 찾아서》, 노태복 옮김, 뿌리와이파리, 2024, 53쪽 참고.

3부. 감정

1 김경일, 《적정한 삶》, 진성북스, 2021, 41쪽 참고.

2 마크 브래킷, 《감정의 발견》, 임지연 옮김, 북라이프, 2020, 168쪽 참고.

3 같은 책, 168쪽 참고.

4 유발 하라리, 《21세기를 위한 21가지 제언》, 전병근 옮김, 김영사, 2018, 491쪽.

5 마크 브래킷, 《감정의 발견》, 167~168쪽 참고.

4부. 비움

1 데이비드 A. 싱클레어·매슈 D. 러플랜트, 《노화의 종말》, 이한음 옮김, 부키, 2020, 186~187쪽 참고.

2 바스 카스트, 《선택의 조건》, 정인회 옮김, 한국경제신문사, 2012, 80쪽 참고.

3 같은 책, 80쪽 참고.

5부. 경청

1 야마네 히로시, 《HEAR 히어》, 신찬 옮김, 밀리언서재, 2023, 110쪽.

2 줄리아 캐머런, 《아티스트 웨이, 마음의 소리를 듣는 시간》, 이상원 옮김, 비즈니스북스, 2022, 115쪽.

6부. 휴식

1   아미시 자, 《주의력 연습》, 안진이 옮김, 어크로스, 2022, 12쪽 참고.

2   모르텐 알베크, 《삶으로서의 일》, 이지연 옮김, 김영사, 2021, 25쪽 참고.

3   클라우디아 해먼드, 《잘 쉬는 기술》, 오수원 옮김, 웅진지식하우스, 2020, 14쪽.

4   같은 책, 20~21쪽 참고.

5   서거원, 《따뜻한 독종》, 위즈덤하우스, 2008, 66쪽 참고.

6   클라우디아 해먼드, 《잘 쉬는 기술》, 20~23쪽 참고.

7   폴커 키츠·마누엘 튀쉬, 《마음의 법칙》, 김희상 옮김, 포레스트북스, 2022, 26쪽 참고.

8   올리버 버크먼, 《4000주》, 78쪽 참고.

7부. 자아

1   나심 니콜라스 탈레브, 《스킨 인 더 게임》, 이한상 해제, 김원호 옮김, 비즈니스북스, 2019, 44~45쪽 참고.

2   미셸 엘먼, 《가끔은 이기적이어도 괜찮아》, 도지영 옮김, 비즈니스북스, 2022, 28~29쪽 참고.

8부. 상상

1   미야구치 코지, 《케이크를 자르지 못하는 아이들》, 박찬선 옮김, 인플루엔셜, 2020, 80~81쪽 참고.

9부. 만족

1   브레네 브라운, 《마음 가면》, 안진이 옮김, 웅진지식하우스, 2023, 37쪽 참고.

2   같은 책, 168쪽 참고.

3   같은 책, 169쪽.

4   같은 책, 168~169쪽 참고.

5   TED 제작, 〈창의성의 양육Your Elusive Creative Genius〉, 2009 참고.

6   박혁지 감독, 〈행복의 속도〉, 2021 참고.

10부. 일

1 야마구치 슈·구스노키 겐, 《일을 잘한다는 것》, 김윤경 옮김, 리더스북, 2021, 14쪽 참고.

2 같은 책, 125쪽.

3 같은 책, 125쪽 참고.

4 J. 마이클 스트라진스키, 《스트라진스키의 장르문학 작가로 살기》, 송예슬 옮김, 바다출판사, 2022, 66~67쪽.

5 대니얼 코일, 《최고의 팀은 무엇이 다른가》, 박지훈, 박선령 옮김, 웅진지식하우스, 2022, 99쪽 참고.

6 에밀리 발세티스, 《관점설계》, 박병화 옮김, 김영사, 2021, 59쪽 참고.

7 같은 책, 238쪽 참고.

8 켈리 맥고니걸, 《스트레스의 힘》, 신예경 옮김, 2020, 213쪽 참고.

9 칼 뉴포트, 《열정의 배신》, 김준수 옮김, 부키, 2019, 30쪽 참고.

10 같은 책, 44쪽.

11 같은 책, 32~45쪽 참고.

12 같은 책, 37쪽 참고.

13 메이슨 커리, 《리추얼》, 55쪽.

14 같은 책, 349쪽.

15 같은 책, 229~230쪽 참고.

16 이다혜, 《출근길의 주문》, 한겨레출판, 2019, 209쪽.

11부. 공감

1 자밀 자키, 《공감은 지능이다》, 정지인 옮김, 심심, 2021, 16쪽 참고.

2 같은 책, 16쪽 참고.

3 《중앙일보》, 〈맥주병 2000개 도로 '와르르'…절망한 차주에게 일어난 기적〉, 2022. 6. 30.

12부. 성장

1 매튜 룬, 《픽사 스토리텔링》, 박여진 옮김, 현대지성, 2022, 160쪽.

2 같은 책, 160쪽 참고.

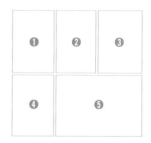

❶ 〈나의 우주〉, 2022
❷ 〈Little Book〉, 2022
❸ 〈균형〉, 2023
❹ 〈여름의 끝〉, 2022
❺ 〈Jump〉, 2022